U0828824

目　录

诞 生

古代叶如强玛部落所属的苇瓦地方，是一个世世代代出法王的圣地。

在圣地苇瓦，有一座非常有名气的宫殿——拉孜宫。宫殿四周的山上，有无数个修行洞；在宫殿之东的正前方，马泉河[①]宛若一条白布，向右淌去。在马泉河岸，有一座形状酷似黑蛇正在下坡的岩石山。据说，在此山的“蛇”脖子部位，蕴藏着丰富的稀世矿藏和坚石风化形成的宝瓶。

在岩石山附近，便是“二规”[②]之国“仁钦顶”。圣地苇瓦就是仁钦顶境内的一个村镇。这里土地肥沃，盛产五谷。村镇周围的山坡上长满了青草果木，郁郁葱葱，绿得像孔雀脖子一样。果木林中，鸟儿在歌唱，百兽在戏闹。数不清的牛羊等家畜膘肥体壮，母牛、母羊坠着乳汁欲滴的鼓胀乳房，走走停停。这是一个富裕的地方，各种珍宝应有尽有。汤东杰布的母亲加嘎拉姆就出生在这里。

---

① 马泉河：雅鲁藏布江上游

② 二规：世界与宗教

加嘎拉姆具有空行母的特征，她脸上长着稀疏的胡须，额头上有三条清晰的皱纹，两眉间长有左旋夜光白毛须，额头正中至两边太阳穴之间，匀称地生着五颗不同颜色的痣，活像一顶“五佛冠”，脖颈上挂有一串骨珠。她上敬三宝①，下发善心，温柔敦厚，安分守法，举止端正，谈吐清晰，话语娓娓动听，是一位贤妻良母。

加嘎拉姆的丈夫叫机哲龙巴·多吉坚赞。据说他是康区木雅地方大族仁曾东的孙子，父亲叫拉东嘎布。多吉坚赞长得英俊、魁梧，脾气温和。尽管他善恶兼备，但能尽力为众人做好事，大家仍然很尊敬他。

他们夫妇俩共生了六个儿女。老大色如白、老二罗奔白翠、老三赤乌班登、老四彭布、老五阿达和老六加姆班曾多吉。

老三赤乌班登即是汤东杰布。他是知三时②的莲花佛“意”的转世。早在五百年前，莲花佛就曾预言过。当时，莲花佛在圣地杂日（拉萨东南方著名圣地）的一座密宗宫殿里，藏进了许多深奥的经书。有个叫阿达的人觉得很奇怪，便问莲花佛道：“您藏这些经书干什么，将来会有哪位生者来取出为众生所用？他又能为众生做什么好事？他来取经书又是什么年代呢？”莲花佛笑咪咪地对阿达说：“请您放心好了，五百年里的最后一年，这些经书会

① 三宝：佛，法，僧
② 三时：过去，现在，未来

重放光彩，大有用处的。那个来取经书的生者不会是别人，而是我莲花佛意的转世——为众生解脱的化身——加桑·汤东杰布。”

后来赤乌班登果然从那座密宗宫殿里，取出了那些深奥的经书。他发现那本预言经《明亮的烛》，讲的正是自己。他本能地发现并得到这些经书这件事本身，就是最好的证明。同时也证明和表现了他所具备的内外三性的本能。经文中还说，他的外向是善怒双全的形象，就是说他具备观音佛的善和大自在丹珍佛的怒。两者合一形成一位外貌非凡的生者。这一描述，说的也正是赤乌班登自己。

赤乌班登与其他五兄妹截然不同，紫红色的脸膛，浓黑雄劲的眉毛，浑身散发着天然芳香。具有天生的悟性、灵气、智慧。性情温和而暴躁，喜怒无常，与众不同。

母亲在怀他的第一个月的一天夜里，做了一个奇妙的梦。她梦见自己到了一个神圣的地方，那里到处长着树木、鲜花和果子。在离她很近的地方，有一个又宽又大的用宝石做成的宝座，宝座上坐着看不厌的无量光佛。无量光佛看到她后，便抓了许多香喷喷的鲜花，散在她头上。口里说着“吉祥如意”。

接着，她仿佛又来到了须弥山上。这时，东方升起了太阳，在朝阳的照射下，她清楚地看到了“四洲”①世界。

---

① 四洲：又称“四大部洲”或“四天下”。古印度神话中的洲名，认为他们是人类所在的世界，佛教也采用此说。四大洲即：东胜身洲，南瞻部洲，西牛货洲，北俱卢洲

当时，人间的瞎子，拐子都围拢到她的身边。于是她大发善心，没有眼睛的瞎子，她就送给他们眼睛，四肢残缺的拐子她就用药或用咒语来给他们治疗，没钱的穷人她就给予他们足够的布施。忽然，西南方向升起了五色彩虹，她便踏上彩虹，走到了桑朵白日山（莲花生所居地——译者）。在男女矮力士所交叉支撑着的宝座上，坐着一位光彩四射的瑜伽。身上装饰着许多宝贝，他一手持着金刚杵，一手拿着人头骨。两位衣着华丽的美丽的空行母侍立在两旁，众多的勇士、空行和罗刹也云集在此。她不知道宝座上坐的是谁，便悄声向立在宝座旁的空行母打听道“宝座上这位尊者是谁呀？”空行母答道：“西藏的加嘎拉姆啊，你怀了身孕难道就忘性了吗？这位尊者就是莲花佛的自然化身。你快磕头要个如意妙果。”加嘎拉姆听罢，急忙走到宝座前磕头朝拜。这时，一位比丘尼拿出一个发着各种光亮的宝贝，走到加嘎拉姆的面前，说：“这是所有已超脱的佛身的灵骨①，叫做‘舍利如意宝’。你把它带回西藏去。将来西藏会弘扬佛法，得到幸福的。”宝座旁的两位空行母也给她送了她满意的装饰品和镶着绿松石与宝石的金质金刚杵等物。勇士、空行母等也给她送了许多供品。

加嘎拉姆高高兴兴地离开了桑朵白日山，向天空飞去。不知不觉来到了“趋色究竟天”，见到了珠光宝气的

① 灵骨：指得到僧人遗体焚化后，所留存下的骨珠。

金刚母。金刚母身戴骨头和宝石的装饰,面前摆陈着很多加嘎拉姆从未吃过的供品,周围还排立着许多勇士和空行母。金刚母给她送了一些美食供品和一个非常漂亮的盒子,并嘱咐道:"加嘎拉姆呀,你一定要保存好这个盒子,里面装有能派上百用的如意宝。将来在人间和非人界用得着它,特别是征服和拯救那些可怜的,地位低贱而又顽固不化的众生时,它的用处更大。"加嘎拉姆听着听着,不觉醒过来了。

加嘎拉姆醒来后想:我做这样的梦预示着什么呢?是我的死期到了?还是怀了一个圣生呢?无论是凶是吉,我还是去请喇嘛到家来念念经,消消灾的好。

于是她到已故活佛强定的大经库——贡棒寺请来了喇嘛坚赞多吉。她先听了《莲花佛怒静经》并接受了加持,然后把昨夜的梦原原本本地向坚赞多吉复述了一遍。坚赞多吉听罢,非常神秘地说:"神奇呀,神奇!莲花佛早就预言过,说苇瓦地方要出一个叫尊珠的圣人,他是莲花佛意的转世。说不定你现在孕育的正是那位圣人呢!你要多保重身体才是。"

过了不久,加嘎拉姆又作了一个梦:她来到了佛地拉萨大昭寺的楼上,阳光和月光同时照在她身上,头上顶着幢幡。她听到了三次海螺声,右边旗帜招展,左边升起一条彩虹,前面敲锣打鼓,身后的街道上传来讲经说法声……这时,她迷迷糊糊地醒来了。

加嘎拉姆怀孕十二个月的最后一天晚上，又作了一个梦。她梦见自己坐在一座漂亮别致的宫殿里的一个高高的、垫有百叶莲花和日月等图案的垫子的宝座上。怀里抱着一个散发着香味、眉毛浓黑的孩子，很多神子神女不停地往他身上洒净水，还给他赠送了许多珍贵饰物和衣服。十方来的很多非人也给他们母子二人送了各种供品。

藏历铁牛年元月十五日，太阳刚刚升起的时候，同释迦牟尼一样在母亲肚子里整整呆了十二个月的、不寻常的小圣生终于降世了。他的出生与众不同，两只脚先生出来，刚一落地就东张西望，嘴里还念着“唵、嘛、呢、叭、咪、吽”六字真言，还喊了几声“阿妈”。女佣人见状惊讶地喊道：“快看，这孩子睁着大眼睛东张西望，嘴里还念着六字真言呢！”婴儿说：“姐姐，我不但如此，还会这样。”说着就坐了起来，摆出一副如同坐在宝座上亲理朝政的威风凛凛的国王一般的姿式，左手心向上平放腹前，右手伸起做着“德卒”[1]手势。这时天空响起了神乐，飞扬起花雨，空气渗透着香味。

众人看到这般景象，便在房顶插上了经幡，高兴地议论说：“仁钦顶的国王诞生了。”

正巧，就在这个时候，加嘎拉姆家派到尼泊尔去做生

---

① 德卒：一种手势。握紧拳头，然后伸直食指和小指，佛教徒认为，这一手势可以克敌制胜。

意的商人江村多吉满载而归;派去芒康的商人,也带了十八皮袋的清油回来了。这真是三喜临门,大吉大利。

父亲多吉坚赞却闷闷不乐,对妻子说:“你怀孕整整十二个月,还常梦见鬼神,刚才是那个样子。我估计,这一切都是不祥之兆。”

婴儿听了父亲的话,连忙说:“请双亲不必担心,母亲的梦不是恶兆。”接着他唱道:

“梦中到了大昭寺,
好比到了圣法地;
日月光辉照身上,
预示黑暗将消失;
海螺三声呜呜响,
预示我将行善事;
母亲头上顶幢幡,
预示我将成法师;
右边旗帜迎风展,
预示我将大布施;
左边出现妙彩虹,
预示空行母我能治;
前面敲锣又打鼓,
预示我将诵经传世;
身后讲经又说法,
预示人、神、鬼我能治。

一切预兆皆吉利，
双亲切莫伤心思。”

母亲听罢，与丈夫商议：“我看没什么大不了的事，最好还是早点请位活佛来，给他取个吉祥的名字。”丈夫没有反对。于是，他们请来了贡棒·屯益坚赞活佛，把怀孕期间的梦和出生时的种种怪事告诉了活佛。活佛说：“妙哉，妙哉！昨晚我也作了一个梦，梦中有人告诉我，为了解救众生，莲花佛将从西南方的罗刹界下凡到人间来。我还亲眼看见有很多人摆上丰盛的供品，在祈祷，舞蹈。我也加入了欢乐的祈祷队伍中，还得到一些供品。正当高兴的时候，我醒来了。说来也怪，醒来后感到心情格外愉快。”活佛停了一下又说：“我看这孩子来历不凡，将来一定会成为一个弃恶从善，为众生谋利益的人。就给他取名叫‘赤乌班登’吧。”

玩童时代

赤乌班登(汤东杰布)出世后,比别的小孩都好带,长得也特别快。他刚满月的时候,由于家务繁忙,父母无暇顾及,他就自己照料自己,早上起来自己穿衣服。长到五个月时,母亲就背着他下地干活。有一次,母亲把他放在地头的草坪上,让他自己玩。母亲在地里拔了一阵草,抬头看他时,发现他不见了。她非常着急,赶忙跑到草坪附近的悬崖下寻找。没想到这万丈悬崖竟没把赤乌班登摔死,他安然坐在一丛葶玛堆草[①]上玩耍呢!当他见母亲下来时,还高兴地嚷嚷"阿妈,阿妈,我一点也没碰伤。"

当赤乌班登七个月的时候,突然间全身松弛,两眼盯着天空,双手摆出敬佛的手式,不吃不喝,静坐了二十天。长到十一个月时,他常坐在地上,用泥巴捏出许多佛像、佛塔,在地上画上许多法轮,还对着这些东西说笑、朝转。刚满岁时,父母外出干活,把他放在家里晒太阳。父母回

① 葶玛堆草:一种野生草,丛生,可食

家时,见他和小鸟玩得正开心呢。长到两岁的时候,有一天,一只白色的雄鹰突然从空中猛冲下来,把他叼走。把他母亲吓得直叫喊。可是,那只白鹰叼着他在空中飞了三圈后,又慢慢地落下来,把他放回了原地,他一点也没被惊着。长到三四岁时,他常用糌粑捏佛像,还对围观者介绍说:"这一尊是金佛像,这一尊是琉璃佛像,那一尊是珊瑚佛像,让我们来磕头朝拜接受佛的加持吧!"

五岁时的赤乌班登,个头长得比任何一个同龄儿童的都高,也很懂事。于是,父母就让他去放羊。他把羊群赶上山坡,自己就悄悄地跑到贡棒·屯益坚赞活佛的经堂里,多次接受灌顶和教诲。活佛的徒弟们不解地问:"师傅,这么小的孩子也来听经,能听得懂吗?"活佛说:"经书对谁有用现在还不知道呢。"赤乌班登有时把母亲给他准备的饭(糌粑),全部捏成"朵玛"和"错"[①]摆供起来。然后模仿活佛的样子,给羊儿们讲经、摩顶。羊儿们似乎也听得懂似的,总是静静地站在那儿,并接受赤乌班登的摩顶。而赤乌班登自己却往往以毒草和沙子充饥。

有一次,赤乌班登把山羊赶上山去,就跑到咪龙村东面的夏雄山上。山顶上有许多鹰巢,他钻进一个鹰巢最多的山洞里,把母亲带给他的糌粑当供品摆好,饿着肚子给鹰讲经。鹰不但没伤害他,反而很虔诚地听讲,还摆出一副悠然自得的样子来,赤乌班登奇怪地说:"鹰也听得

① 朵玛、错:由糌粑捏成用以供神施鬼的供品。朵玛为白色,错为红色

懂经!”他本想再讲几天,可是他看见母亲和亲戚们哭着喊着在找他,只好作罢。他见到母亲时,若无其事地说:“你们不要这样伤心,不必为我担心,我只不过是去给鹰讲了五天的经罢了。”

事后,母亲对赤乌班登说:“自从你出世以来,村里吉祥平安,人畜两旺,粮食丰收。你五岁开始放羊,从未丢失一只,羊群越放越多,数都数不过来了。今后你还是继续放羊去吧。”赤乌班登只好继续当小羊倌,每天出去放羊。有一天,他捡了数量与绵羊一样多的白石子和与山羊一样多的黑石子,包在衣襟兜里,用鞋带捆好,跑到高高的山坡上大声喊道:保护神、土地神啊,来帮我放羊吧!喊完就地修行起来。有时候,等羊吃饱后,他就带着许多小孩一起,做小船,搭小铁桥,或捏小佛像玩,然后对它们进行加持。

有一次,赤乌班登去放羊,顺便到强定寺附近的村子挨家挨户地要布施。全村五十多户人家都给了他布施,他一天竟全都把它吃光了。第二天,他给每家每户回送了三朵鲜蘑菇。村民们感到很新奇,纷纷议论道:“春天怎么能采到这么鲜的蘑菇?”又有一次,他到大丘龙河对岸的岩石山上,采了很多野蒜,送给强定寺正在为法主抄写《甘珠尔》经的嘎阿巴。嘎阿巴想:刚才我还见他在河对岸采野蒜,怎么就回来了。这么宽的河面,难到他会飞?

不知多少次，赤乌班登表现出了莫测的神力。

赤乌班登当小羊倌期间，母亲给他带去的饭，谁要他就分给谁吃。碰到那些特别需要布施的人，他会无私地全部送给他们。如果遇见小孩，他就把自己采来的蘑菇、果子、谷穗或身上带的东西分给小朋友们。而他自己呢，常常是饿着肚子回家。孩子们常说："阿妈加嘎拉姆家的赤乌班登，又给我们吃连父母都没吃过的果子、谷穗，真有趣。"大人们也议论说："加嘎拉姆的老三真善良，如果出家当喇嘛的话，一定会有出息。"

赤乌班登当了好几年的小羊倌，羊越放越多，发展很快。从未遇到过狼或其它猛兽的袭击。他的羊群有时候和别人家的羊群混到了一块儿，但他很快就能分出来。因为他只要一看怀里揣着的白石子和黑石子，就知道自己的绵羊和山羊的只数了。况且他还请保护神和土地神替他照看着呢！

有一天，母亲对他说："你干了不少活了，我不忍心让你这样继续干下去，你还是出家当喇嘛去吧。"赤乌班登非常高兴。他被送到了强定寺，跟曲琼白娃活佛学法。当活佛拿出经书要给他讲解时，他却说："这些经书我都懂得。""那么就教你写字吧。""还不如教我《四皈依经》[①]呢。"活佛一听，非常生气地说："那你还是回家去念你的《四皈依经》吧！不过我还是劝你，不要耽误了练字。"赤

① 《四皈依经》：经书名"四皈依"即皈依上师、佛、法、僧。

乌班登听了这话，气呼呼地拿起一只笔，唰唰唰几下，乌尔都、兰扎等五种藏文字体，写得地地道道，非常漂亮。活佛一看又惊又愧，自言自语道："加嘎拉姆的这孩子虽粗鲁，但很聪明，若是入了法门，好好引导的话，将会成为一位圣者。"可是，活佛刚才的话已无法收回了。

就这样，赤乌班登又回到了家里，帮助父母干活。有一次，母亲雇了十八个妇女，帮忙锄草。快吃午饭的时候，母亲对他说："你去拔点野蒜来。"母亲的话音刚落，他就没影了。突然，从远处传来一阵悠扬的歌声。众人抬头一望，原来是赤乌班登在曰如河对岸的一座高高的岩石山上，一边拔野蒜一边唱歌呢。不一会儿，他把一大捆野蒜放到了母亲的跟前。大家都惊奇了，问他："你刚才还在河对岸的山上唱歌，怎么就回来了。曰如河这么宽，又没有桥，是不是鬼背你过河的？"赤乌班登幽默地说："我是拔野蒜去了，鬼不会背我的。倒是你们得注意点，小心被鬼背去了。"

还有一次，赤乌班登三个月不归家。父亲和亲戚们着急了，母亲安慰他们说："你们就只管放心吧，赤乌班登丢不了，会回来的。"果然，三个月后，他回来了。还带回来许多西藏不出产的果子，他把果子分给了母亲和众人们。当问他果子从哪儿得到的时，他就是不作声。

有一年，赤乌班登家乡闹瘟疫，有许多人丧生，他的弟弟彭布、阿达和妹妹加姆班曾多吉也相继死去。面对这可怕的瘟疫,乡亲们束手无策,一筹莫展。他们只好把算命先生请来,按照算命先生的指点,把赤乌班登弟妹等死者的尸体全部投入河里,不祭不供。这样做,乡亲们非常害怕。赤乌班登静坐冥想了几天后,终于找出了病源所在,就是错龙地方一条很凶恶的龙魔在作怪。于是,他赶着几头毛驴,来到了毒蛇出没的错龙地方。他把毛驴的鬃毛和尾巴剪下来,搓成几条绳子,将毒蛇一条一条地捆起来,分别绑在毛驴的脖子、尾巴、四腿和耳朵上。最后,他用手抓住一条最大的蛇,骑着毛驴往回走。毛驴见蛇,十分惊恐,跑得飞快,箭一般就回到了村里。父亲见他的这副样子,又惊又气,大声骂道:"你这疯子,冒失鬼!你这样做就冒犯了土神,我们都要受到惩罚的。你这是干的什么事啊!"村民们也害怕了。赤乌班登理直气壮地对父亲和村民们说:"因为你们残忍地将死者的遗体投入河中,不祭奠、不祈祷,不讲一点道理。所以,我只有叫这些毛驴来悼念、祈祷和安抚死者的灵魂了。为给死者和幸存者还清宿债,请父亲你把乡亲们都叫来,会念经的念经、不会念经的就念六字真言①,让我们一起来祈祷。五天之内,所有的人都不要外出,并在所有的叉路口造些神塔小像②,我敢保证,五天之后,瘟疫就会消踪匿迹的。"

说完,赤乌班登重新抓起放在土神牌位旁的那条最

---

① 六字真言:即唵、嘛、呢、叭、咪、吽。又称为六字大明咒,是西藏最早传入的密宗真言,故信仰传持极为普遍。

② 神塔小像:藏语念"喳喳"。指用模型印造的小泥佛像

大的蛇,装进自己的鞋里,用鞋带勒紧,就地坐下,作出威慑龙魔的姿式。这时,那条蛇露出了原形,伸出它的头来求饶:“请不要勒死我,我发誓今后再不敢在仁钦顶干坏事了。你就饶了我吧,我可以满足你提出的任何要求。”赤乌班登接着为死者亡灵进行了祈祷、超度。父亲和乡亲们认为赤乌班登疯了,都站在一旁看热闹。只有母亲理解他,很严肃地跟着他祈祷,超度死者的灵魂。

终于,瘟疫被根除了。

有一次,父母叫赤乌班登出门去做生意,他带上许多白牛尾和麝香,来到了多卡国。多卡国的国王是暴君,颁布了很多惨无人道的法规。赤乌班登刚一踏上多卡国,就听说有家七兄弟犯了王法,即将被国王处死。他非常可怜那七兄弟,立即来到王宫见国王。他说:“世上的罪恶再没有比杀人更大了,我请求尊敬的国王让我赎回那七兄弟。”国王一看这外地人用这么多东西来赎那七兄弟,很高兴地说:“舍己救人真是慈善,用这么多东西来赎人命真奇妙,令我折服,你就将那七兄弟赎回去吧。”于是,赤乌班登用自己带去的白牛尾和麝香,赎出了那犯了王法的七兄弟。

父母见赤乌班登回来了,很高兴。父亲问:“换了些什么货物回来?”他答:“七条人命。”父亲听不明白,又问:“什么七条人命?”赤乌班登便把自己到多卡国,赎出那七兄弟的经过给双亲讲了一遍。父亲听罢,大发雷霆:“你这疯子,真是个没用的东西。我积攒了多年的东西,就被你这样给葬送了。”

这时候,抓丁的差使来到了家门口,母亲非常着急。丈夫和老大、老二都害怕当兵,怎么说也不愿去。无奈,母亲只好求赤乌班登了:“赤乌班登啊,你还年轻,去当三年兵吧!”赤乌班登很乐意去,说:“我比两个哥哥的身体都强壮,我去最合适,母亲不必着急。您去给我收拾些常用的东西,给‘起里’(赤乌班登最喜爱的一只羊)驮上,我就跟差使走。”母亲请来村里的人,为赤乌班登饯行,大家叮嘱了一番,他就上路了。

赤乌班登身强力壮,走路特别快,人又聪明机灵,是个称职的好兵。此后较长的时间里,他又当兵又干乌拉差役。不管干什么,他都很卖力。赤乌班登把卖力看成是忏罪和灭罪的途径①。

赤乌班登役满返乡后,他父亲对妻子说:“赤乌班登有干劲,很能干,又聪明,就让他来操持家务吧。”母亲反对说:“能干的人,才能成为教法的圣人。我的意见是让他出家入法好。”父母的意见莫衷一是。于是他们去请教苦空仁钦坚赞活佛,活佛说:“赤乌班登还是入佛门好。”可父亲还是坚持要给赤乌班登娶媳妇掌持家业。赤乌班登听说后非常着急,对父亲说:“我持不了家,最好还是让

① 忏悔、灭罪:一种封建意识。在西藏封建农奴制的残酷统治下,社会地位低下的人们,把干活卖力看做是忏悔、消灭宿罪的机会和途径

两个哥哥操持,我只要分一点家产,出家入法门。”

那天晚上,赤乌班登独自坐在一块毯子上,忽然觉得有一束神妙的灵光围住了自己,观音菩萨顿时出现在他眼前,面带笑容地对他说:

“所有世间凡人啊,
难逃轮回遭苦难;
尘世甘苦皆如梦,
无尽幸福唯静界;
几次转世你发誓,
普渡众生为志愿;
注定此生还宿愿,
还不快快入佛门。”

第二天,赤乌班登把夜间发生的事,告诉了父母,父亲不敢违抗观音佛的旨意,把赤乌班登送到强定寺,拜尼玛桑嘎活佛为师。

出家入法

尼玛桑嘎活佛对赤乌班登父母说:“我看这孩子可能会成为法门要人。昨天晚上我作了个梦,梦见阳光灿烂,光芒四射。有很多喇嘛在收拾前活佛的宝座,宝座被装饰一新,周围还摆陈了很多供品,喇嘛们说,宝座的新法主快来了。”活佛欣喜地收下了赤乌班登。

在给赤乌班登洗头的时候,天空下起了花雨。剃下的头发一撒出去,便形成一道色彩缤纷的虹。轨范师①和众喇嘛们向释迦牟尼及十六尊者佛转了经。这时,空气中散发出沁人心脾的天然神香味。剃度停当后,活佛给赤乌班登取名为“尊珠桑格”。

接着,活佛给尊珠桑格讲解了《不空罥索咒心经》②、《续部·怛特罗部》③的经义和修习法,还讲述了“守饥

---

① 轨范师:据《毗奈耶经》里讲,轨范师乃:“上师善友具备戒行清净,娴练律藏仪轨,悲愍无怙有情如病人等三种功法者”。又称亲教师。

② 《不空罥索咒心经》:大乘佛经名。

③ 《续部·怛特罗部》:解说大乘佛教中金刚乘灌顶,道次建立,修法和法术等佛说经典。

行”、“禁食斋”①的教义及修习法。从此，尊珠桑格纯净的宝瓶（即身躯）内，开始注入闻、思、修的净水②。

不久，尊珠桑格前往北部昂仁地方的大寺庙，向大活佛洛珠多吉和公却塔学习《释量论》③及其三种本注和教化法，还听取了《阿毗达摩集论》。大活佛问他：“你听得懂吗？”他答：“我听得懂。”大活佛非常高兴。

尊珠桑格温习那几部经论时，被其注释迷住了，总是废寝忘食，孜孜不倦地学习和领会。因此他对经论的内容心领神会，心中经常闪烁出自然成就之妙光。他常金刚般地修定禅坐，进入一切皆空的超脱境界。

后来，尊珠桑格来到了祥瑞的萨迦寺④。并在这里取得了“四书格西”学位⑤。

在萨迦寺一起学习的僧俗学友们，把自己所学的教言用华丽的词藻加以逐字逐句的解释，好像自己很有学识似的，很了不起，非常傲慢。尊珠桑格想，自己所学到的教言，光用漂亮的词句挂在嘴皮子上，死扣字眼钻牛角尖的人，其实他心里并不一定能领会。如果是这样的话，那他粗野的

---

① 守饥行，禁食斋：佛教徒断绝饮食以修苦行的宗教活动。

② 闻、思、修：心有领会为“闻”：生起定见为“思”：扫除疑惑为“修”。此句大意是说：在尊珠桑格纯洁清白的身躯内，开始输入神圣的佛法。也就是说他开始成为一名佛门弟子。

③ 《释量论》：又名《释量品》。古印度佛学家法称所著广本量学，全书有自利、星成立、现前和他利等四品，是因明七论中属于立干的三本之一。

④ 萨迦寺：西藏佛教萨迦派的主寺，珍藏有极其丰富的珍贵藏书和文物，有“第二敦煌”之称

⑤ 四书格西：学通《中论》、《现观庄严论》、《律经论》和《俱舍论》四部佛经，经过辩论考试，优胜者取得佛教学位

俗趣恶行就克服不了,那修习还有什么意义呢?行善者的《道德经》就说:"华丽词句无用处,亲身实践得正道。"我一定要将所学教言心领神会,并付诸于实践,为众生行善业,做到八风不动、八法一味①、坚定不移、百折不挠。

想到这,他继续拿起《萨班教言》来看。当他看到:"尽管此时无回音,不会见经传。但正见能用正确方法去思考的话,看准选当之后一定能解脱。如果要从金刚般的心中,彻底铲除烦恼之源,那是不可能的。如果过去从未有过的知识,自己重新去创造,那也是办不到的。能把自己的思想用'呃旺双运'②武装起来的胜乐王是不存在的,就是知三时的圣者也无法指得出来……"一段话时,感到莫名其妙,特别是对"呃旺双运"一词,更是大惑不解。他两眼望着天空,苦思冥想着。

不一会,他用撒拉哈和德威编的金刚调大胆唱出了自己的理解和看法,还讽刺了那些咬文嚼字的学友。学友们听到后很不高兴,对尊珠桑格议论纷纷。有的僧人说:"定日来的这个小僧人看起来很聪明,但不知道人品怎么样?"有的僧人说:"他学经时聪明敏捷,也虚心,很可爱,就是分不清好坏。"还有的僧人说他是个"比醉大象还笨的小僧人",还给他取了个绰号叫"疯子尊珠"。

实际上,尊珠桑格已经全部领会了所学的教言,并能

① 八风不动、八法一味:佛教理论,指对利、衰、毁誉、称、讥、苦、乐等世间八风同等对待。

② 呃旺:具一切种殊胜相空性和殊胜不变之大乐王。双运:两者同时并修。

做到八风不动、八法一味。可是僧人们冷嘲热讽，甚至侮辱人格的行为，叫他无法忍受，他终于离开了萨迦寺。

辞别寺庙还故里

尊珠桑格辞别萨迦寺在回家的途中,看到格达钦·索朗扎西活佛在建造“羌普姆且塔”,很多石匠和乌拉①在紧张的忙碌着。他看见这般热火朝天的情景,心里非常的兴奋。

回到家后,他对贪财如命的父兄们说:“为了避免你们转世成为恶鬼,为了众生都得到慈善果,我们应该把家里的财产拿出一部分来捐献给羌普姆且塔的建造工程。这样做,我们的财产就用到正处了,很有意义。”可是父兄不同意,尊珠桑格怎么劝说他们也听不进去。无可奈何,尊珠桑格说了几句金刚般的硬话,强行拿走了十枚金币和二百克②青稞,送给了格达钦·索朗扎西活佛。活佛十分高兴。

有一天晚上,尊珠桑格的母亲加嘎拉姆对他说:“你准备好十个人的饭和酒,斧头和绳子,明天跟樵夫们去砍

① 乌拉:指旧时农奴向农奴主支应的各种差役,包括人役和畜役.
② 克:藏族地区传统重量单位,一克约28市斤。

些柴薪。后天你哥哥和佣人扎西坚赞赶二十头驴来帮你运。”第二天，尊珠桑格只身来到墨茏地方的雅擦空树林里。在山腰上坐下来休息，把所带的饭和酒吃得个精光。饭饱酒足后，他自言自语道：“该干活了，再不干就不好意思了。”于是，他招集以协桑为首的所有本地土神及保护神们，都来帮忙砍柴。不一会，来了许多人马。众神们非常卖力，很快就砍下了半个山坡的柴薪。尊珠桑格想：现在，几乎所有的人都叫我疯子尊珠，而这些神对我倒是挺友好的。

哥哥和仆人扎西坚赞等人赶着毛驴运柴薪来了。哥哥问：“你砍了这么多柴薪，可你的帮手上哪儿去了。”尊珠桑格回答说：“饭是我自己吃了，柴薪也是我自己砍的。”他哥哥想：我这个弟弟，有时像个疯子，把村子闹得都快翻天了。这次倒好，一个人砍了那么多的柴薪，真不错。可是，不知不觉地，哥哥发现尊珠桑格不见了。

哥哥回家后，把尊珠桑格丢失的事告诉了父母。母亲说：“没关系，过些日子他会回来的。”父亲却幸灾乐祸地说：“不必大惊小怪的，又不是丢了什么宝贝。前几天他还拿了那么多的金币和青稞去送人，我恨死他了，当初就不该生这怪小子。丢了活该，根本就犯不着去找。”

原来，尊珠桑格到肯布里地方找大修行者踏玛白那修习“牛戒律”去了。还在肯布里的一个山洞里赤身修定了一年。

一年后,尊珠桑格又回到了家乡。初十(供日)那天,父母和亲戚带着帮工下地劳动去了。尊珠桑格便把家里所有的糌粑、肉、酥油、酸奶和青稞酒等全部做成了供品,摆设好。还请来满屋子的神仙,一起向莲花佛祈祷。顿时,法铃、法鼓、法镲之声大作,把房子都快震倒了。

这时,母亲回家取午饭来了,见家里什么吃食都没有了,非常为难地对儿子说:"格西尊珠啦[1],今天帮忙的人很多,都在等着吃饭,怎么办呢?""请母亲不要着急,今天来帮忙的都是情投意合的人,就把我加持过的一些食品给他们带去吧。"尊珠桑格说着,便给母亲拿了一木碗青稞酒,人头大的一团糌粑和一头羊,让母亲带去。奇怪的是,这么一点饮食,居然够来帮忙的三十个人吃饱喝足了。

有一次,尊珠桑格赶着两头毛驴,准备到河对岸办事。他来到阿普渡口,请求船夫道:"请你把我和毛驴都渡过河去。"船夫很为难,心想:这么小的牛皮船,哪能载得了这两头驴呢?便说:"如果你有办法把这两头毛驴装上船的话,那我就把你们渡过去。"尊珠桑格二话没说,一臂挟起一头驴,一跃就跳到牛皮船上。牛皮船一晃,进了不少水。船夫非常生气地骂道:"你这个该死的大力士,真是个十足的疯子!水是开不得玩笑的,你就自己渡吧!"尊珠桑格举起一只手,做出"德卒"手势,指向河对

① 格西尊珠啦:对格西尊珠的尊称。

岸。只听得“嗖”的一声，那牛皮船载着他和两头毛驴箭一般驶向河对岸。返回时，也用同样的方法，非常顺当地渡了回来。

此时的尊珠桑格，已是修行得道者，能应变自如。可在凡人眼里，他仍然是一个疯疯颠颠，变幻无常的怪人。

有一天，有位亲戚对尊珠桑格说：“普穷益西让你明天去挖肥料。”父亲也吩咐他：“明天你去把墨茏地头的石头垒起来。”哥哥又告诉他：“明天却吉·查巴桑布喇嘛讲经，你去听听吧。”尊珠桑格都答应了。好心的人对他说：“你不该都允诺，明天怎么办呢？”尊珠桑格胸有成竹地回答说：“我这血肉的身躯，乃金刚彩虹形成能多变的佛身，既有‘音’身，能念诵经典，也有‘意’身可隐可观，还有‘自然变化身’，显示在凡人面前。我具备百万种变幻能力，我从未违背过自己许下的诺言。一两种变幻，对我来说是无所谓的。”

正如他自己说的那样，那天他变成三身。一身到普穷益西那里挖肥，一身到墨茏地头垒石头，另一身到却吉·查巴桑布那儿听经。把该干的事全都干好了。

有一次，表哥却吉·查巴桑布要到踏巴林修行，尊珠桑格便去给他当帮手。他利用这个机会，听了《修心经》、《解脱悲心经》和《玛尼全集》[①]。他每顿送去的水和糌

① 《玛尼全集》：相传为吐蕃松赞干布著。内容有关大慈悲观世音修行法，藏族历史、遗教等，共有二卷。

粑，正好够他表哥解渴和吃饱，他表哥非常满意。他表哥修行结束时，对他说："格西尊珠啦。你每顿给我送的饮食，既够吃，又有营养。如今，我的心亮敞多了，修行成果不错，这里面也有你的一份功劳。你也有所收获吧？"尊珠桑格回答道："在修习方面，还是有收获的。在听经的时候，我曾有过这样的幻觉：觉得我面前来了一些游学僧，尼泊尔人、门巴人、珞巴人，他们都说要给我布施扶植我，我和他们一见如故。你说这是什么意思呢？"却吉·查巴桑布解释说："尽管现在大家都叫你疯子尊珠，但是看得出这个空行母取的具有法性的名字，已在汉地、印度、尼泊尔、门巴、珞巴和工布等地传扬开了。也就是说，你将能调伏，解脱这些地区的众生。"

出门做买卖

一次，尊珠桑格和仁钦顶的商人们要出门去做买卖。他给两头驴驮了些货物，就跟商人们上路了。

他们从仁钦顶出发，来到了卡瓦山前面的查堂平川，继续往阿里方向进发。从查堂出发才走了一天，就遇到了一场罕见的大雪，整整下了十三个昼夜。人畜都快被雪埋起来了，牲口在雪中冻得发抖。商队面临着灭顶之灾。

尊珠桑格跑到地势较高的地方，把自己的四包货物垒起来，坐在上面，将“七处”①放平。这时，他一点也不觉得冷，在他周围一绳的方圆内，雪融化了，还冒着热腾腾的蒸气。为了拯救商人们和牲口的性命，他分成三身：一身陪商人坐着，一身去帮助牧人祈祷，另一身到汤东奇捡柴薪。当商人们见他拿来许多柴薪时，都不明白是怎么回事，只是不知所措地顺口说了声：“尊珠桑格真行。”

他们走到了基冲地方，尊珠桑格建议说：“朋友们，我

① 七处：手背、足背、两肩、后脑。

们能有此生很不容易。如今，我们走了这么长的路程，还见到了神圣的自然佛像。我们应该把财物用在正道上，换些酥油来点点供灯，转转经，祈祷来世和再世的幸福。”商人们很不自在地回答：“上次换了那么多的坏酥油渣，把我们所带的货物都消耗得差不多了。如果再点供灯，那我们就没法做生意了。你反正是光棍一条，没有负担，那你就自己点灯转经去吧。”

尊珠桑格想：真是一群不懂因果报应，不知轮回关系的人。把我的好话当恶言，一心只想着老婆，太可悲了。

尊珠桑格把自己的两驮货物，全部换了酥油来点供灯，为教法和众生祈祷、转经。一心想用自己的行动来感化那些执迷不悟的商人们，把他们引向正道。

到达基冲的第四天早晨，尊珠桑格便去朝拜释迦牟尼像。他在观音佛像前磕头的时候，从观音佛右手五指渗出了五色甘露，撒在他的头顶上。这是观音佛给尊珠桑格予身、心、意加持的表示。他向释迦牟尼磕头的时候，从释迦牟尼胸中发出白、黄、红、绿四色光芒，照在他的身上。这就预示着所有众生均属尊珠桑格调伏、拯救和超脱的范围之内。这位自然形成的圣佛（指释迦牟尼像）启口用铮铮有力不可动摇的语气道：

“唵嘛呢叭咪吽，
马头明王圣丹珍佛；①

① 马头明王：藏传佛教密宗修部八教中一位本尊神。

“唵嘛呢叭咪吽，
解脱众生的王子啊，
唵嘛呢叭咪吽，
四个大业光辉四射，
唵嘛呢叭咪吽，
为六道①众生讲咒经；
唵嘛呢叭咪吽，
长寿的加桑汤东杰布，
唵嘛呢叭咪吽，
为混乱众生求安乐，
唵嘛呢叭咪吽。”

尊珠桑格听罢，再次围释迦牟尼转了经，并全神贯注地念着六字真言。此时他很清楚地看到了三皈依的成就。他想：如果佛门弟子们都真心实意地用六字真言来完成大业的话，一定能克敌制胜。

他们在基冲整整呆了十一天。那天，商人们对尊珠桑格说：“现在，我们的生意都做成了，你是否跟我们一起回去？”尊珠桑格回答：“一起走吧。”

商人们见他什么生意也没做成，赶着两头光背驴回家，都耻笑他：“看来尊珠桑格的确是个疯子。”商人们跟

① 六道：又称“六趣”，佛教把众生世界分为天、人、阿修罗、地狱、饿鬼、畜生六类。因各自所做善恶业因不同，于此六道中升沉异趣，轮回相续。

他商量说:“好不容易来到基冲一趟,可你什么生意也没做成,光着驴背回去。还不如帮我们驮些货物,到家后我们给你送点铁块,怎么样?”

尊珠桑格笑了笑,回答道:“你们呀,往往为计较一斗粮食的得失而睡不好觉,这样做买卖没有什么好处。这次,我也是做成了买卖的,虽然货物要数你们的多,可收获得数我最大。我失去的是梦幻般虚无的财富,得到的却是我渴望已久的宝贝。得到这个宝贝的人,将成为永远幸福者。我两手空空,那是你们的幻觉。说真的,真正能认识我那‘宝贝’的人,的确是不多的。”

接着,尊珠桑格还给商人们讲了因果报应关系的道理。并告诫他们:“如果光顾发财不行善,发了财又只想着自己享受和如何抬高自己的社会地位的话,到头来必将自食恶果。如果你们现在还不想行善业的话,那就在每天晚上睡觉前,真心实意地想想三宝,念上五百次六字真言。平时,不要让来家门口讨饭的乞丐空着肚子离去,吃喝时先把第一口供给三宝,常给狗喂点吃的。这样做些力所能及的善事,会有好处的。”

由于这些商人还没到被调伏的时候,所以对尊珠桑格的一片金玉良言,一句也听不进去。反而认为尊珠桑格是因为生意亏了本,故意说的风凉话。

尊珠桑格暗想:“这帮财迷心窍的蠢人,连一句好话也听不进去。我得神变一次让他们开开眼,好叫他们早些开窍。”

出发的那天早晨，尊珠桑格变出四驮海螺、蓝染料、红糖和布匹等货物，鼓鼓囊囊地驮在驴背上。商人们见他有这么多东西，惊异万分。互相议论道：

“疯子尊珠哪来的这么多东西？他整天就知道供灯，转经，难道他是有意摔开我们单干去了？”

“我看他是用厚礼贿赂了客栈老板，老板帮忙给他藏着。”

“这叫我们回去怎么交待呢！他有这么多贵重的货物，我们只有这么几块破铁。回去挨老婆的骂不说，还要招乡亲们嘲笑。”

尊珠桑格见他们那副样子，暗自好笑。对他们说：“你们这些人啊，我没有东西的时候，你们耻笑我。现在我有了东西，你们又感到难受，你们也太多愁善感了。看来我还是不带东西回去的好。”说完，那四驮东西全都无影无踪了。

就这样，尊珠桑格两手空空地回到了家里。父亲和亲属们非常气愤，骂他是个“破财的家伙”。只有母亲没责怪他，反而支持他说：“格西尊珠把货物换成酥油去供灯是对的。”

遍访名师高僧

尊珠桑格呆在家里的那段日子里,因很难得有机会见到三宝,心中十分苦闷。他想起了《本注》中的教言:“上、中、下三等身①均需密宗灌顶②,安注③,烧施④,能行善业者方为上等身。”于是,他决心遍访名师高僧,学法修身。

听说在朵堆甲日寺中,有一位外表为比丘尼,内在乃观音佛的活佛,名叫嘎阿班久喜绕。尊珠桑格决定前去拜访这位活佛。

就在尊珠桑格见到活佛的头天晚上,活佛就得到了预感。他觉得面前来了一个人,声称是来取东西的,他拿走了三尊佛像、一些经书和法器。临走时还说,他要到前藏和卫藏去拯救自己将要调伏的众生。说完,向东飞走了。活佛还送了他一程。

翌日黎明,嘎阿班久喜绕活佛便吩咐僧人们:“今天,将要来一位有缘的神圣的大行善者,你们把寺内寺外整理

---

① 三等身:即上等比丘尼身、中等求寂女身、下等家庭妇女身。
② 灌顶:佛教密宗仪式。凡入门或拜师时须先经师傅以水灌洒头顶,故名。
③ 安住:为佛像、灵塔、经典等灌顶、迎神安住的仪轨
④ 烧施:佛教仪式之一。

一下，多摆设些祥瑞物，以求吉利。”僧人们按活佛的指点，在佛像及活佛宝座前，摆陈上许多供品；在寺院的顶上插上经幡；还特意在寺门口放了一克[1]青稞，一只装满净水的宝瓶，宝瓶上还搁着用五色绸缎拴着的海螺。

太阳升起来了，嘎阿班久喜绕活佛用罢早餐。一个僧人在伙房里，忽然听到三声海螺声。他侧身一望，只见一位修行着装的人（尊珠桑格）来到寺门口，把摆在门口的那一克青稞兜在怀里，左手拿起那只装满净水的宝瓶，右手抓起那五色绸缎拴着的海螺，笑咪咪地站在那。他这才恍然大悟，断定那人肯定就是今天要来的圣者。他飞快地向师傅禅房跑去，可禅房门紧闭着。等他叫开时，惊奇地发现那人早已站在师傅面前。他便问那人：“你是怎么进来的?”那人答：“在我的意念中，山和平川都是不存在的，没有任何东西能阻挡我。”这个僧人听罢，打心眼里崇拜这位圣者。他马上下跪，磕了圣者的脚[2]，乞求加持。

嘎阿班久喜绕活佛把僧人们召集到一起，让尊珠桑格坐在中间接受戒律，换上漂亮的三法衣[3]。取法名“尊珠桑布”（此法名与原法名仅一字之差，且文中极少再提及，故后文仍称原法名“尊珠桑格”——译者）。

尊珠桑格在嘎阿班久喜绕活佛禅房住了一段时间。此

---

① 克：在此处指西藏一种传统量器，相当于内地的“斗”。一克能容二十八市斤左右。

② 磕脚：藏传佛教的一种仪轨。即信徒向崇拜者跪下，捧起他的脚碰一下自己的头，表示自己的崇敬之心。

③ 三法衣：梵语译做“支伐罗”。即祖衣、七衣和五衣

间，他向活佛学习了《修行五分法》、《俱生法》、《大自在经》、《纳若六法》[1]、《妮谷六法》[2]、《六支加行》[3]等经典和教法并接受了有效的灌顶。还听取了许多超脱、明心的经典。特别重要的是观音佛显灵，送给尊珠桑格一套内容包括内、外、密三全的《玛浪卡玛经》。还嘱咐说："你要把此经传播到人间，它能使人间暂时消除病魔和灾难，还能拯救'三恶趣'[4]"。

后来，尊珠桑格又去拜访东巴·索朗却巴活佛。活佛给他讲解了《日曲经》、《断行教戒》和仁增果登[5]所传的《左钦经》[6]等经典。

在此期间，有许多身穿虎、豹皮衣服的人，给尊珠桑格送来了肉、酒等饮食以及财物，并说："圣者松登格龙多吉增巴让你先把这些饮食分好，加持之后，我们一起享用。"尊珠桑格照办了。最后，尊珠桑格问他们："你们送来的东西我都受用了，我回赠你们什么呢？"他们回答说："圣者松登格龙多吉增巴要我们支持你的大业，尽量为你创造条件。因此，如果你要回赠我们什么的话，那就请你给我们讲讲经，作为回礼吧。"尊珠桑格便给他们讲了有关金刚的经。

---

① 《纳若六法》：古印度佛学家纳若达巴所修道六法。一说为"脐火、光明、幻身、中有、往身和夺舍"；一说为"脐火、光明、幻身、中有、往身和夺"。

② 《妮谷六法》：密乘妮谷空行所传六法。

③ 《六支加行》：佛教密乘《时轮金刚》圆满次第修炼时，于所缘境上进行的收摄、禅定、行风、持风、随念和三摩地。

④ 三恶趣：地狱、饿鬼、旁生。

⑤ 仁增果登：别名欧珠坚赞，14世纪人。出生于后藏昂仁县，为藏传宁玛派著名密藏法师。

⑥ 《左钦经》：大圆胜会之部。藏传宁玛派所传心识部、法界部和诀窍部三修行法要。

却说，贡棒·屯益坚赞活佛此时正禅居在须弥山①般的扎桑日山上。某月初十（供神日）半夜时分，活佛门前来了唤嘎杂等护法神，对活佛说："法主即将来取经，请你一字不留地交授予他。"过了约半个时辰，仙人热乎拉又来到活佛门前，对活佛说："下个月，莲花佛'意'的转世者，将到你处，望你做好一切准备。"黎明时，玻璃般晶莹的莲花佛在众空行母的陪同下，出现在活佛门口，莲花佛对活佛说："你所有的经书，都是我五百年前留下的。我的意身已转世到西藏，他为了调伏、拯救藏地众生之大业，将活 180 岁，招收星星一样多的徒弟。他还会给藏地带来无数的财富。现在。你得把那些经书全部归还我，有个叫尊珠的比丘很快会来取的。"

次月初十那天，尊珠桑格一身比丘打扮，来到扎桑日山。他对贡棒·屯益坚赞活佛说："请你给我传授你所收藏的全部深奥的经典。我打算在这里修习三年。"活佛恭敬地答到："你乃莲花佛真化身，没必要修习了。上月初十我就得到了启示，我会把全部经书交给你的。"接着，活佛把上个月初十所发生的一切复述了一遍，并把全部经书交给了尊珠桑格。

尊珠桑格还是在扎桑日山上修习了三年。修习结束时，他摆朵玛供了护法神。当天后半夜，一个乌鸦黑人来到

① 须弥山：译言妙高山。佛教说它是世界的中心。须弥山四周有四大洲和八小洲，日月星辰绕之而行，构成一个宇宙系。

他面前,说:“我俩前世有缘,你将来的去向,由我来领路,我会使你满意的。在尼泊尔有一位叫达玛哈布提的大学者,请你上他那儿去吧!”

前往尼泊尔、印度取经学法

尊珠桑格令乌鸦黑人做向导、差使，前往尼泊尔。

五天后，二人到了尼泊尔。有位叫玛努达阿的人，给尊珠桑格送了许多金、银、布匹、法铓和大米。

尊珠桑格首先去朝拜了咪旭山洞，作了祈祷。还给西藏和尼泊尔的朝佛者每人五个扎门的布施。然后，他动身去拜访达玛哈布提大学者。

就在他见到达玛哈布提的头天晚上，大学者做了个梦，梦见在一条铺白氆氇的路上，走来一位藏人瑜伽。这位瑜伽面呈紫色，周身散发着香味，头顶五色经幢、浑身具备着功德。朦胧中，大学者觉得自己对他服侍尽心尽力，非常周到。以国王课课波为首的所有尼泊尔人也非常敬仰他。

第二天，大学者和尊珠桑格一见如故。大学者说："昨晚我梦见的那人就是你。"尊珠桑格扼要地讲述了《本尊经》之后，对大学者说："我将为西藏众生的解脱而行大善业，特来请教各种解脱之法。"于是，大学者给他讲授了《法轮经》及许多本注。

尊珠桑格打算到印度的多吉颠圣地去,亲身朝拜那里的一千尊格桑佛和菩提树,亲耳聆听得道者深广的教言,为自己和众生寻求解脱之妙法。达玛哈布提大学者察觉到了尊珠桑格的心思,便说:“西藏的瑜伽啊,现在你最好先到尼藏交界的雅日果阿地方,去找麦扎佐格的高徒大仁真达哈玛日达阿,他会把自己深谙的《长寿经》传授给你的,若此,你将会成为长寿、持明双全的人。他还能预言你将来所行之业。”

尊珠桑格按照大学者的指点,来到了雅日果阿。见到了大仁真达哈玛日达阿,说:“为了调伏、超脱西藏众生,我特来请教教理无边的《羯摩集》、《续部》等教言及其各种解脱法。”大仁真说:“那就请你在这儿禅居五年。”尊珠桑格在这里呆了五年,听取了大仁真所掌握的全部经典和教法。大仁真说:“已经给你讲解了我所知的全部经典和教法,现在,你还得再静修五个月,并注意每月出现的奇妙感知。”

尊珠桑格在静修禅定的五个月里,每个月都出现了奇妙的幻觉。大仁真对这些预兆性的幻觉,一一做了解释。

尊珠桑格在尼泊尔期间,没有遭到猛兽的侵袭,湿热的气候丝毫没有损伤他金刚般的身躯,大江小河阻挡不住他坚定的步伐。

后来,他来到了印度多吉颠圣地,向精通密宗的斯迪冉达那活佛学习了很多密宗经典和教法,并接受了灌顶。还向活佛的女助手上等婆罗门学习了一些密宗经。女婆罗门告诉他:“你肯定能修成正果的,但神圣的密宗不要广传,应该口授单传才是。”

尊珠桑格来到古萨里贡嘎宁地方,向这里的三位瑜伽学习了许多教法。之后,他又来到那拉里扎日地方,见到了113岁高龄的、善于幻变身躯的大修行者阿地嘎日拉。在这里,他向大修行者请教了《长寿经》。

尊珠桑格前往桑宁岛,可渡船十分拥挤,他便使幻术直接到了桑宁。这里有绿茵茵的草坪,美观漂亮的树林及药用植物。树林里,飞禽走兽自由自在地玩耍、戏闹着。当它们见到尊珠桑格后,孔雀展示着美丽的羽毛,鸟儿飞来飞去,似乎在欢迎尊珠桑格的到来;清澈的澡池中,有很多仙人在洗澡;岩石上,阿罗汉尊者在讲经说法;大集市上,很多男女在歌舞、玩耍;在阴森的坟地上,有许多各种穿戴的人在为亡灵超度;花丛中,有一座由各色宝贝建成的吉祥多门塔。塔心是用菩提树做成的,塔的下四层各门坐着“本注”佛像,四层以上坐着三身[①]佛像。得到这座百看不厌的宝塔加持的人,将成为万事皆空的圣者,如同获得三宝亲自加持一般。

尊珠桑格环塔转了21天经。这时候,年轻的圣夏瓦日旺久披着头发,头戴花环,腰束孔雀毛裙子,双手持着弓箭,打着孔雀毛伞盖,右边跟着一位吹着笛子的瑜伽,左边跟着一位怀抱死鹿的瑜伽,三人面带微笑,向尊珠桑格走来。尊

---

① 三身:法身、报身和化身。

珠桑格恭敬地向他们磕了头，摆出意变的无数供品，说道："我这无双无边的娱神供品，献给彩虹般的活佛您，请享用吧。""有缘的西藏瑜伽啊，能到此地来太好了。"圣夏瓦日旺久说着，做出很多深奥莫测的动作、手式，然后取下面前悬在空中的装满智慧甘露的宝石制成的宝瓶，放到尊珠桑格的头顶上，祈祷道："愿一切经典和教法所没有的智慧、自性，都渗透到你的心中吧。"顿时，尊珠桑格感到心明豁达，一切智慧应有尽有。

圣夏瓦日旺久还说："三时行大业的尊珠桑格呀，你要在北方藏地的大江边，形似蝎子的山顶上建造一座大塔，塔的造型和高度应当和眼前这座吉祥多门塔一模一样。塔造好后，能把藏地众生从战乱中解救出来。塔影所印着的水域中诸水族，会很快脱变成上等人。"说完，他给鹿肉和猪肉加持，然后一起大吃了起来。吃罢，他们三人顿时消失了。

尊珠桑格再次环吉祥多门塔转经的时候，古古热巴①出现了。他正在仔细看古古热巴的装饰的时候，古古热巴说话了："瑜伽啊，你肉眼是看不到我的，你能意识到我的出现就已经很不错了。"说着变成一个有五个肩膀的亮金刚，出现在尊珠桑格面前。他讲解了在西藏建造吉祥多门塔的意义。

尊珠桑格从桑宁返回时，变幻而行。途经多吉颠附近

---

① 古古热巴：为藏传佛教噶举派玛巴译师得到四大语旨传授的印度祖师

僻静的多吉普山谷时，向宁玛派[1]活佛甘丹多吉查巴请教了不少宁玛派教法、教规及教义。

尊珠桑格从多吉普出发，只三天时间就回到了自己的家乡仁钦顶。

① 宁玛派：藏传佛教的最早一派。11、12 世纪时，由西藏僧人索穹巴和卓浦巴等人创立，奉 8 世纪到西藏传教的印度僧人莲花生为师。该派僧人戴红帽，故俗称“红教”

慈母仙逝

乡亲们见尊珠桑格归来,问道:“比丘尊珠桑格啦,这十八年来你都上那儿去了?”他回答:“我到尼泊尔和印度取经学法去了。如今我再也没有听不懂的经典了。”乡亲们都不相信他的话,纷纷议论说:“这个疯子像乞丐一样到处流浪,回家来还撒谎骗人。假若他真是到尼泊尔和印度取经学法去了的话,那绝对不会是现在这副样子。乡亲们对尊珠桑格产生了偏见,谁也不信任他,更不崇敬他。

后来,尊珠桑格让母亲加嘎拉姆也入了法门,取法名曰:“白姆衮”。他给母亲讲了《大圆胜会经》,并让她和姨妈强桑同住一起。母亲潜心修行了几年,就返回莲花界去了。

母亲去世后的21天里,尊珠桑格一直在行善。他以“毗卢七法静坐”①禅定了7天,不说一句话。火化母亲遗体时,天空下起了花雨,四方弥散着香味。尊珠桑格把母亲

① 毗卢七法静坐:佛教所传的一种静坐方式。

的骨灰全部收起来，做成许多神塔小像。把火化后留下的很多陀罗尼和菜子大小的灵骨，装进自己亲手塑造的康布泽巴塔里，还用金粉书写、绘制了代表母亲音身的《陀罗经》和代表母亲自然身的八卷如来佛唐卡①。尊珠桑格给代表母亲身、语、意的所依加持后，说："这是我有生以来为母亲做的第一件事。"

后来，两个哥哥和父系母系的亲戚，为遗产发生了争执。尊珠桑格当仁不让，也提出了正当的要求。因为他占理，故分得了大量的土地、牲畜和房产。他将这部分财产委托给仁宗等二人代管，并吩咐他俩："你们要抓紧四季的各项工作，能收获多少算多少，要爱惜牲口，不要乱杀，"

一切安排妥当后，尊珠桑格便爬上苇瓦东面的一座岩石山上，潜心修行去了。他先修习了从印度、尼泊尔大学者那里听取的新旧密诀，随后在一个狭口山洞里的泉水边，修习了水行。他在这里共修习了 7 年时间。

快结束这次修习的时候，山上来了一个牧羊童。牧羊童听到从洞里发出的法铃声，便跑到洞口，尊珠桑格给他加了持。

牧羊童回家后，对村民们讲："我今天发现在岩石山上的一个洞里，有一位大瑜伽正在修行，我们给他送些做朵玛的糌粑，去接受他的加持，好不好？"大伙都同意了。于是，牧羊童带领大家来到了洞口，村民们献上糌粑后，要求尊珠

① 唐卡：即锦缎镶边的布轴画或丝绣。

桑格讲经,加持。他给大家摩顶,讲了《皈依经》。正当大家向他祈祷的时候,村里的头人森格桑布来了。他向尊珠桑格磕了头,乞求加持。就在尊珠桑格伸手给他加持的时候,头人认出了尊珠桑格。他便对大家说:"这哪是什么大瑜伽呀,这分明是疯子尊珠嘛,我们都上当了。"他这么一说,大家都很气愤,怒视着尊珠桑格,怏怏而去。

尊珠桑格见此情景,叹道:"唉,人呀,就是这样反复无常。"

在尊珠桑格家东面阿普渡口,江水湍急,波浪滔滔。江中有一岩石,岩石上忽然长出一座塔来,船夫们以为此塔能镇慑水魔,便经常来朝供此塔。但无济于事,水魔照样作祟,前后共有128人遇难丧生。尊珠桑格眼看着那些遇难者的灵魂被送入地狱,惨不忍睹。他再也不能容忍了,一把火把塔给烧了。这下可把水魔们给镇住了,它们发誓再不敢作祟害人。为了超度遇难者亡灵,尊珠桑格便在那里定静入禅。可是船夫们见他把塔毁了,便手持长矛要来杀他。尊珠桑格无可奈何,只好暂时回家躲避。

尊珠桑格回到家里,见仁宗他们为他屯积了很多粮食,牲畜也繁殖了不少。他非常高兴,用粮食和牲畜偿还了母亲生前欠下的一部分债。

尊珠桑格仍然把财产托咐给仁宗二人,自己到拉萨朝圣去了。

一路朝圣到拉萨

尊珠桑格准备了一些金币，前往拉萨朝圣学法。

与他随行的还有智慧的保护神，永宁地母十二尊神①和莲花佛的差使八部②。众神发誓：永远相随他，直到大业完成。尊珠桑格告诫说：“我们都有变幻的腿和智慧的眼睛，望你们为弘扬佛法各司其位，各尽其能，千万不要伤害生灵。”

尊珠桑格到达踏巴林后，准备去拜访洛桑里巴罗珍活佛。那天晚上，活佛做了个梦，梦见一位手持海螺和幢幡的人，骑着狮子走来。活佛问那人：“请问这位瑜伽大名。”那人答道：“我乃印度古古热巴，前来西藏调伏众生。”活佛不明白这个梦到底意味着什么。

第二天，尊珠桑格来到活佛面前，活佛问：“瑜伽尊珠啦，你何故来到此地？”他答道：“我是为取经学法而来的。”活佛说：“其实你比我懂得更多。”在尊珠桑格的一再请求

① 永宁地母十二尊神：立誓永保藏土的十二尊主要地祇女神。
② 八部：天、龙、药叉、寻香、非天、金翅鸟、人、非人和大腹行。

下，活佛便给他讲了《康哈玛》、《口玛》、《俱生安登》等大圣经，并给他灌了顶。

尊珠桑格离开踏巴林，来到了坎布里吉隆甘丹寺，见到了圣者热达瓦。他给圣者敬献了藏青果、肉蔻[1]、红糖和一盘黄金、珊瑚、松石，还有一匹边沿有穗的白布。圣者热达瓦给他解说了送这些礼物所预兆的诸事。接着又给他讲了《兴居经》。尊珠桑格在这里修习了一段时间。

后来，尊珠桑格来到雅鲁藏布江南岸，这时候，雅鲁藏布江面结了冰，宛若一条白氆氇。他踏着冰走到北岸，见到了勒卡·益西桑布。在这里，他听取了圣者空玛却朗的《世间法轮经》和西藏佛学者所著的很多经典。他在这个僻静的地方苦修了些日子，还在天葬场和阴森恐怖的山庙里，用密法直接或间接地给调伏对象——人、非人作了超度。

尊珠桑格在藏格帝唐卡地方密修时，来了众多空行母，她们是护族绿空行母和分别代表息、增、怀、伏四业的白、黄、红、蓝空行母。她们身穿名贵的丝绸服，佩戴着骨珠和各种宝石的装饰，载歌载舞。她们周围有很多侍者和肉食空行母，在摇动着法铃，敲打着法鼓。这时候，空中回荡着动听的神乐，空气中散发着宜人的香味。

众空行母们根据尊珠桑格内、外、密三性特征，给他取了五个名字（即汤东杰布、龙东宁巴、色囊吉林、格朗绒克、

① 肉蔻：一种药用植物。

曲朗甲代美)后,就飞回了莲花界。

从此,“汤东杰布”的名字传遍了三域①。

汤东杰布又到了冲巴降地方,从一座宁玛派寺庙里,秘密地取出了属于自己的《土珠经》。

当汤东杰布走到却那地方的时候,正好有很多修行者在此修行。其中一位修行稍有点成就的人,见汤东杰布是个先知先觉者,便跪下磕了他的脚。当晚,汤东杰布就睡在一个佛龛②里。次日一早,侍佛喇嘛格吉来了,非常气怒地骂道:“这个疯子,怎么睡这儿来了。”骂着抡起棍棒就打来。

汤东杰布被赶下来后,环这里的一座塔转了经。那天晚上,他睡在一座桥上。第二天一早,来河边取水的人们发现了他,都同情地说:“看,这个疯子睡在这儿,好可怜呀。”这时汤东杰布默念了1亿次六字真言,然后发誓:除了活佛、寺庙的门坎之外,别的门坎一律不跨半步。除为法和众生之外,决不献出生命。随后,他爬上一座形状酷似大鹏展翅的岩石山上,修行了七个月。

汤东杰布离开却那,走到坡东查戈雄地方,朝拜了释迦牟尼像,给手持红矛的梵天王供了“朵玛”。临走时,他抓走了一些换下来的旧“朵玛”。途中,这些“朵玛”都变成了五色宝。

① 三域:天上、地上、地下。
② 佛龛:供奉佛像、神位的小阁子

当他得知在基瓦拉地方有一位曾培养过不少活佛的名叫尊普的大修行者时,便慕名来到基瓦拉。尊普大修行者一见他便问:“请问你的名字?”他答:“我叫汤东杰布,是否你早已有预兆了?”大修行者说:“是的,我早有了好预感,你就是天界瑜伽迪哩吧!”寒暄之后,两人互相传经说法。

汤东杰布离开基瓦拉前往那唐,途经大枭杰顶附近的达拉白山顶时,碰到了从萨迦出发,要到拉萨朝圣的约七千名流浪艺人。汤东杰布便与他们结伴同行。路上,这些流浪艺人,有的念六字真言,有的互相谈经讲法,有的唱道歌,有的跳道舞。[①] 还有的议论汤东杰布:“看来这位避世修行的疯子不是一般的人,一见到他,心里就感到一种说不出的高兴,烦恼和痛苦也消失得无影无踪了。”有的人赞同地说:“我看见他睡觉的地方出现了彩虹般的帐篷。”

当他们来到了那唐地方的时候,汤东杰布发现有一群乞丐,中间坐着的那位长手乞丐,正是长臂罗汉。于是,他走过去请求长臂罗汉给自己讲经。长臂罗汉故意说:“我乞丐是不会讲经的。”在他再三请求下,长臂罗汉才答应说:“那我们就上安静点的地方去。”他们来到一个安静的地方,长臂罗汉便给汤东杰布讲解了一遍《八千颂》。

翌日,汤东杰布便独自朝丛堆附近的夏鲁寺[②]去了。

---

① 道歌、道舞:本指宗教歌舞,从文中看,疑是藏戏前身,那七千流浪艺人,有可能是藏戏班子。若此,那汤东杰布不可能是藏戏创始人。——译者

② 夏鲁寺:西藏佛教后弘期初期由杰·西热穷乃创建。位于日喀则市东南30公里处的丛堆区。“丛堆”是集市的意思,相传此地是吐蕃时期的十大商市之一。

在夏鲁寺他呆了三天，朝拜了这里的慈善观音佛。

他从夏鲁寺幻变来到了仁布宗的乌米朵唐，在这儿住了三天，朝拜了观音佛。第四天早上，汤东杰布从乌米朵唐出发，中午时分便到了布达拉宫下面。正好那七千名流浪艺人也赶到了拉萨。

这时，汤东杰布看到了大昭寺的金顶，他马上朝金顶走去，直接到了“觉”①面前，把一块金币磨成的金粉撒到了“觉”身上，并接受了加持。顿时，汤东杰布感觉自己的心与自正大智慧的“觉”融成一体，不觉昏倒了。

不多时，一名僧人打开门进去，见躺着一个人，非常惊奇地喊道：“哎哟，这儿死人了。可我刚才离开的时候，这里没人啊。怪哉！”正好那些流浪艺人也朝拜“觉”来了，见状，他们说：“这个避世修行的疯子死在这里真是造化非浅。”这时，从“觉”胸中发出五色光，消失在汤东杰布身上，汤东杰布苏醒了，他站了起来，向“觉”磕头、祈祷。

“觉”用四弦胡般动听的声腔说道：“三时行业圣者莲花佛意转世的汤东杰布呀，你的美名将传扬四方。你的调伏对象就在这茫茫的雪山之中，为了使被调伏者都能升到乐界，为了使藏地幸福，你要造所依佛像，还要造船架桥。”汤东杰布把这谆谆教诲牢牢记在了心里。

---

① 觉：指唐代文成公主带入西藏的释迦牟尼像，后由金城公主迁入大昭寺，存放至今。因藏族习惯称之为“觉”。故文中沿用这一称呼。

为母亲还债前往南方经商

汤东杰布离开拉萨,走了7天便回到了故乡仁钦顶。

这年,家乡粮食丰产,汤东杰布收获了很多青稞。他拿出一大部分来偿还母亲欠下的债务,把剩下的部分全部兑换成黄金和盐巴,赶上八头驴和乡亲们一起到南方做生意去了。这次买卖做得十分顺利,他很快便满载而归。

当他们途经益布齐渡口时,为渡船费与船夫发生了争吵。汤东杰布便叫伙伴们去找当地头人评理,自己留下看守货物。他禅坐了一会儿,只见一朵彩云朝着自己飘来,彩云中坐有百看不厌的观音佛及许多随行。他马上向观音佛磕头,祈祷。观音佛再次提醒他赶紧为众生行善业。

这时,汤东杰布往北岸一看,只见眼前是一座形似蝎子的大山,山顶上坐着如来佛和众多的善佛。神子、神女们正在给佛们献供品;山腰上,有许多修行者正在修习;山脚下的虚空中,排列着众多的代表身、语、意的佛像。

汤东杰布想：此山姿态及其座落，与印度大学者所预言的一模一样，我将来一定要在此山上修建一座吉祥多门塔。

当他们渡到河北岸后，得知这座蝎子形的山名曰董岫山。汤东杰布便带着三个伙伴，来到董岫山脚下，见天色已晚，就在山下住了一宿。汤东杰布还将此山易名为“白日乌齐”山。

回到家以后，汤东杰布用这次从南方换回的货物，彻底还清了母亲生前所欠债务。

汤东杰布想：现在我再也没有什么牵挂，今后再不干做买卖这种不光彩的事，全心全意为法和众生行事的时候到了。

为成大业再度修习善身

汤东杰布牵了两只山羊，离家前往踏巴林，在协嘎拉东洞中，修习了6年之久。在此修习期间，他就靠羊奶维护生命，从未食过一点粮食。那两只山羊，晚上睡在山洞里，天一亮就出去吃草，每年还生产两只小羊羔，奶水四季不断。

有一天黎明时，修行洞前方的虚空中，出现了一位狮面空行母。她对汤东杰布说："有位叫旺久毗如巴的瑜伽。正在印度更瑞美巴墓地讲密宗经，你应该去听一听，灌一灌顶。"

汤东杰布听罢，飞出修行洞，来到了更瑞美巴墓地。这里，到处摆满了尸体，猛兽在吼叫，十分恐怖。但这里有檀香木和安息香木林子散发着香味，把魔鬼都驱散了。汤东杰布发现在檀香木树阴下，圣者旺久毗如巴坐在一张斑羚皮上。众多如云的勇士、空行母也聚集在此。他向旺久毗如巴磕了无数次头，呈献上了自己意变的供品。

旺久毗如巴给他满满一人头骨的甘露，他接过来，一饮而尽，然后禅坐入定。旺久毗如巴给他传授了能获取道果的秘诀。之后，他又飞回了协嘎拉东修行洞。

汤东杰布用十个月的时间，又修习了《多则抗嘎龙经》[1]，还吃了旺久毗如巴送给他的不死之食，因而，汤东杰布此时已修成了行走自如，所向无阻之人。

有一天晚上，汤东杰布梦见自己在一条大河上架起了一座铁索桥，还造了许多大船。来往的行人非常顺利地渡过了河，解除了众生渡河之苦。

汤东杰布在修习到第四年的时候，西藏所有的神鬼全部集中到协嘎拉东洞前，对汤东杰布说："大莲花佛意转世的圣瑜伽你啊，为使众生得解脱你如同圣观音佛不辞辛劳。在这浊世末五百年唯相一期[2]，你要为调伏见行失常的野蛮众生体现大无畏的精神。为了汉、蒙、藏、门巴等众人的安乐，你要修建麦杂塔[3]，寺庙、大船和铁索桥。"众神鬼说着，把蓝图交给了汤东杰布，接着又说到："有一位叫普金查巴格的头人，笃信佛教又能干，能帮助你成就大业，你让他干什么他会毫不犹豫、不顾一切地去干的。"

有一天，从协嘎拉东修行洞下，走过一群到拉萨朝佛归返的信徒们，嘴里不停地念着释迦牟尼的经。汤东杰

---

① 《多则抗嘎龙经》：传说修了此经，可获得所向无阻之技。

② 浊世末五百年唯相一期：宗教流传世间共五千年，分为十期，每期五百年，认为末五百年，见行失常、唯具出家外表形象、是为唯相一期

③ 麦杂塔：即火炙塔

布心想：这些朝佛者才看到释迦牟尼的外像，就这样念念不止，真是可怜。想到这，他修习了《毗卢七法》。

有一天黎明的时候，狮面空行母又来到了协嘎拉东修洞前，说道："你要继承法业，知难而行。对于浊世众生，要采用相应有效的办法加以调伏。为了平衡四大种①，你要建造麦杂塔。千万要牢记秘道，不理解的你也得全部理解，并永远坚持下去。为了解脱众生，你要建造大船和铁索桥，还要用琥珀、青金石②、海螺塑造自然形成般维妙维肖的佛像。"说完，那狮面空行母同彩虹一样消失了。

这时，汤东杰布想：我原定六年的修习期已经到了，佛祖、鬼神、空行母又一再的提醒我。看来我弘法行善，普渡众生的时机已到。想到这，他便搬开堵着修行洞口的石头，走出了修行洞。

---

① 四大种：即地、水、火、风四大客观元素，藏传佛教认为一切灾难是因此四大种的不调和造成的。

② 青金石：一种宝石，又名蓝铜。

行业的开端

汤东杰布离开协嘎拉东修行洞，来到了喇嘛脱拉天葬场。当时，狼和狗见到他就像看到乞丐一样，恨不得扑上去把他撕碎吃了。但当它们嗅到他身上的香味时，便转恶为善，就像看门狗看到主人一样，表现得十分亲热。但它们毕竟是畜生，无言表意。汤东杰布非常怜悯它们。于是，他双手合十，向大恩大德的观音佛祈祷，拯救这些生灵。

汤东杰布带着三只狐狸、两只狼来到了基冲地方。正当他给狐狸和狼讲经的时候，忽然来了几个猎人。那些可恶的猎人冲着狐狸和狼又是射箭又是打石头，把汤东杰布也狠狠打了一顿，还抢了他的衣服。汤东杰布暗想：这些蠢人呀，看到畜生在恭敬地听经也不以为然，反而杀气腾腾，行凶作恶，这不是一步一步在往地狱走吗？

于是他来到基冲的释迦牟尼面前，为法和所有众生祈祷，转经。转经途中，碰到一位85岁的老太太。老太太年轻时，曾为了丈夫作恶多端，如今被丈夫抛弃，儿女们把她赶出了家门。为了忏悔消灾,她也到释迦牟尼面前祈祷,转经。汤东杰布知道自己前世与这老太太有缘,便走到她面前,叫了一声:“老太太。”见老太太从枕头上抬起头来,他便问道:“你崇拜的活佛是哪一位,你信仰的佛祖是哪一尊,如果我给你讲解人间解脱法可听得懂?”老太太答:“这位避世活佛啦,我崇拜的活佛在后藏和卫藏一带,他不可能来此地,我又去不了。我此生是无缘见到他了。我信仰的佛祖是释迦牟尼金像,此生我也见不到了。我只好来此祈祷下辈子能够见到他们。如果你有妙法的话,就可怜可怜我,给我讲一讲吧?”汤东杰布又问:“你说你崇拜的活佛在卫藏和后藏,那他叫什么名字?”老太太回答:“叫汤东杰布,他可是莲花佛的真转世。如果我能见到他的话,那我是决不会流浪人间的。”

汤东杰布听罢,不动声色。他把老太太扶起坐着,然后给他讲了“身中穴道”和他从踏巴林学到的,容易接受的“喇嘛瑜伽经”。还念了释迦牟尼的祈祷经《卓堆阿玛》。此时,在老太太眼里,他仿佛就是释迦牟尼。老太太很快就觉悟出,他正是自己所崇拜的活佛——汤东杰布。老太太感到欣喜万分,顿时心明眼亮。就这样,这位老太太得到了超脱。

汤东杰布离开基冲前往炎热如火的门隅地区。当他来到叽叽门巴次天葬台时,那些死尸都站起来,又叫又吼,把他吓得发抖。就在这里他见到在如云的勇士空行母当中,坐着已修成正果的男女瑜伽,还见到了婆罗门却思,并听取了他所讲的《护法神宝帐怙主经》。半夜三更他们座次时,空中出现了火焰般的云彩,随之而来的是八帐神和鬼神八部。此刻,婆罗门却思对八帐神说:“八帐神广柏唐坚加措呀,你要辅佐智慧者汤东杰布完成大业。今后你就做他的保护神吧。”

前往莲花佛所居地朝圣

根据智慧空行母的指点,汤东杰布决定去莲花佛所居地朝圣。于是他面朝西南方祈祷,一会儿功夫,他便到了莲花佛所居地附近的罗刹所居地省嘎拉地方。在这里他用幻术满足了罗刹各自的贪欲。

从省嘎拉出去约26里的海边,汤东杰布遇到了一群要去海洋取宝的异国商人。他问商人:“我和你们坐船同渡可?”商人答道:“我们是去取宝的,你是干什么的?”他说:“我要到西北方向圣莲花佛所居地去取经。”商人一听,劝道:“那地方有众多可怕的罗刹和食肉动物,没有变幻技能的人是无法进得去的。即便有那么一点幻术,也无济于事。劝你还是返回去吧。”就这样,他们没让他上船。

无奈,汤东杰布便坐在海边的一张狗皮上,修习了《变幻经》。这时,他看见海里无数的生灵在受着不堪忍受的痛苦。他非常可怜它们,便为它们祈祷。祈祷毕,八条龙带着无数的随从浮出水面,向汤东杰布磕头,献了许多宝贝，并发誓不伤害众生，它们还护送汤东杰布渡海前往莲花佛所居地。

这里，景致美妙无比。四周长着檀香木等各种香树，散发着芳香。树林里栖息着许多孔雀、共命鸟儿[①]等飞禽，羽毛十分漂亮，声音悦耳动听；虽然林间还生活着虎、豹、熊、猩猩等猛兽，也时常发出恶狠狠的吼叫，但他们从不伤害别的生灵；在具八功德水质[②]的恒河和湖泊上空，成群结队的鸟儿在自由自在地来回飞翔；在香喷喷的鲜花丛中，有一座城镇。当汤东杰布来到这座城镇一条繁华的集市时，戴着骨珠和人头骨小鼓的月亮般光洁美丽的空行母，手持着人腿骨笛子，打着虎豹皮做的幢幡和整张人皮做的旗帜，与许多手拿掸子的人一起来迎接他。

汤东杰布惊奇地发现此地的西北方是海螺所形成的。南面为吠琉璃所形成，西面由红宝石所形成，东面为蓝宝石所形成。正中有一座三峰之山。山的左右两侧峰上有宝石建造的寺庙，寺中供有无量光佛和大圣观音佛，还陈列着各种大乘经。正中的山峰形似心脏一般，宽阔的山峰顶上有一座晶莹透明的发着莲花光的四四方方的宫殿。宫殿四方各有一门一棱角，金顶上饰着宝石。宫殿四周，有无数的空行母，手持各种法器，唱着道歌，跳着供品舞。宫殿正中的一座宝石做成的宝座上，坐着一位

---

① 共命鸟：又名命命鸟，生生鸟，梵语译做薯婆迦。指神话中一种人首鸟身的动物。

② 八功德水质：即甘、凉、软、轻、清净、香、不损喉、不伤腹。

如同国王一样威风的人，他身穿双层五色锦缎服，闪闪发光。此人便是大莲花佛。汤东杰布走上前去，献上无数意变供品，磕头祈祷。

刹那间，莲花佛显露出真形，坐在一朵八瓣莲花之中，闪烁着五色妙光。在他左边的千叶红莲花和八枝荷叶上，分别坐着千位格桑佛和八大随佛子[1]；在他右边的各色五瓣莲花上，坐着金刚姆和四位空行母；在他前面的虚空中，安坐着多吉森巴佛。这时候莲花佛给汤东杰布讲解了《羊尼昨巴经》[2]。

之后，汤东杰布在此地转了经，还到集市上和胡同里求教学法。人们非常尊敬他，都愿意给他讲经释法，还送给他无数宝贝之物。这样一来，耽误了他为西藏众生行业的一些时间。为了让他早日返藏行业，莲花佛对他说道：

“空行母取名的汤东杰布啊，
你的身躯如天空一般明洁，
你金刚般的声音所向无阻，
你的心思已入无我之境。
你要记住：
为了五浊恶世[3]的西藏众生，

---

① 八大随佛子：即文殊、金刚手、观世音、地藏、除盖障、虚空藏、弥勒、普贤等八佛。

② 《羊尼昨巴经》：《大圆胜经》的精华部分。

③ 五浊恶世：五浊，有命浊、烦恼浊、众生浊、劫浊和见浊。佛家说这是扰乱世界的五种恶浊之法。

你必须在藏、蒙交界处，
将昔日我建造的麦杂塔修复一新，
这样做会给西藏带来好处的。
藏历土龙年元月十五日以前，
必须修复完毕，
否则如同洪水决堤动物入陷井一般，
将会横遭大祸。
具智慧有善心的汤东杰布你呀，
快快返回西藏吧！

为了解脱五浊恶世西藏众生，
你要用幻变法相应对待之，
用六字真言启发他们弃恶从善，
你要建造代表佛祖心意之所依，[①]
你要架设坚固的宝铁索桥，
我意转世的汤东杰布呀，
你快快返回西藏吧。”

这时，众空行母们摆出了很多供品，也在劝说汤东杰布早日返回西藏。当汤东杰布离开此地的时候，众空行

① 所依：依，依靠、依附、依托。即所依托之所或所依附之物。常指寺庙（佛之所）依托之所，佛像（佛之所依附物）。

母在大海边搭起了五色彩虹般的帐篷，铺上垫子，还摆了大量赏心悦目的供品，为他饯行。她们还用动听的声调唱道：

“昔日大莲花佛到西藏，
调伏了恶神和罗刹，
建了大量寺和塔，
遍传了圣教与圣法，
如今恶神罗刹又逞能，
众生命短邪见多。
你是三时行业大圣者，
定是设法除恶救众生，
快快返回西藏吧！”

众空行母唱罢，向汤东杰布磕了头，便消失了。

再次前往拉萨

离开莲花佛所居地，汤东杰布返回了家乡仁钦顶。他从家里取了一百枚金币，又启程前往拉萨。

他走到朵叟地区的森布山坡上，在三棵异常粗大的松树下休息了一会儿。此时，许多土神来到他面前，献了很多供品。还把他们自己的所依——那三棵粗大的松树也献给他。尔后，一位15岁的牧女赶着无数的羊儿，唱着歌又来到了汤东杰布面前。汤东杰布问她："你家在哪儿，叫什么名字，为啥唱歌？"牧女回答："我没有家，没有亲人，也没有名字，因为我出身低贱。只好替人家放羊。至于我放歌高唱，那是因为我讨厌这个世界，怜悯这个世界。我知道我的歌没人听，更没人理解得了。我来见你是因为我想叫你给我讲讲经。"汤东杰布没有给她讲经，反而要她给自己讲。牧女爽快地答应道："那好，今天晚上你别离开这里，等我把羊群送回去，带上法器，再来给你讲。"半夜的时候，来了许多与那牧女长得一模一样的姑娘，给汤东杰布带来了很多食品。她们说："我们上尼泊尔和印度取法器耽误了时间,你等急了吧?”接着她们给他讲解了《玛桑吉朱经》,并加了持。

汤东杰布在前往其仁擦巴那的途中,见到一个披头散发,双眼含泪的黑脸妇女,坐在路边哀声叹气,那声音特别别扭难听。汤东杰布上前问她:“你何故在此哀声叹气?”她回答说:“21 天前我丈夫病故了。他临终前曾这样对我说,我死后,别忙发送,21 天后会有人来给我行火葬的。可今天已经到期了。我们是下贱人,我丈夫又是得怪病死的,因而谁也不会来帮忙收拾发葬的。”汤东杰布听罢,非常同情她,对她说:“你真是太不幸了,让我来帮助你。”

于是,那妇女把汤东杰布领到一个小屋里。这时,汤东杰布惊奇地发现,死者身上裹着毯子,头发被绳子拴连在屋梁上,嘴里还衔着一朵黄花。便问妇人:“他怎么是这个样子,平时他念的什么经,是谁给他超度的?”妇人答道:“他每个昼夜要念 100 次《文殊经》,晚上害怕瞌睡,所以就把头发拴连在屋梁上。”汤东杰布听了,非常高兴地说:“那我要亲自超度他的灵魂”。

汤东杰布帮助那妇女,把尸体火葬了。那妇女要给汤东杰布送东西酬谢,他推辞说:“我乃避世瑜伽,什么东西也不要。”

不久,汤东杰布到达拉萨。他首先到大昭寺“觉”面前,把从家里带来的 21 枚金币挂在“觉”脖项上。其余的磨成粉，毫不可惜地散到觉沃米觉多吉[1]和500位自然形成的佛像身上。

汤东杰布在八廓街北的嘎林果喜塔下，静修了一年。此间，每当他上街向前来磕头转经的上等人求布施时，总感到有点难为情。夜深人静时，常有到拉萨朝圣的外地人来向他求教，人们都很崇敬他。

静修结束了，汤东杰布便跟着人们前往蔡公堂赏花。路上，有一位妇女给他送了一把黑胡椒。他把这些黑胡椒当做渡船费，顺利地渡过了拉萨河，来到了蔡公堂。蔡公堂有一座寺院，叫做蔡公堂寺，寺里有许多奇妙的佛像，令人敬仰。但是，前来该寺赏花的人非常之多，又有地区、氏族之分，拉帮结伙的，矛盾十分尖锐激烈，秩序混乱不堪。

汤东杰布在蔡公堂寺呆了7天时间。这7天里，他把自己法鼓上挂着的那包从尼泊尔瑜伽那儿得来的二两金粉，给边巴土巴大神像刷上。在寺里点了很多酥油灯和香，献了许多供品。在佛祖面前祈了祷。

当汤东杰布返回拉萨到达拉萨河叽久渡口时，有许多人在此候船待渡。他不声不响地登上了牛皮船，这下可把船夫气坏了，船夫气呼呼地骂道："谁让你上船的，如果船上的上等人掉进水里你吃罪得起吗？"船夫骂着便举

① 觉沃米觉多吉释迦牟尼：指吐蕃时期尼泊尔尺尊公主远嫁吐蕃时，带入拉萨那尊释迦牟尼像。

起桨照汤东杰布的头猛击了三下，接着把他丢进了冰冷刺骨的河里。汤东杰布上岸后，对船夫们说："你们欺人太甚了，我是获得了行走自如的瑜伽，渡河对于我来说，乃轻而易举之事。"说完，他坐到河边的一张狗皮上，祈祷之后，狗皮载着他平平稳稳地渡过了河。

渡达对岸后，汤东杰布想：这些船夫趋炎附势，欺软怕硬，真是可恶。岸边那么多人等着渡河，船夫们却熟视无睹，置之不理，候船的人们太可怜了。想到这，他使出法术，直接来到了大昭寺"觉"面前，祈祷说："望赐我法力！使我能调伏野蛮人，能架起宝贝的铁桥，解救众生。"

祈祷毕，汤东杰布跑出大昭寺，来到八廓街，挖了一个一人深的洞。他便钻下洞去，只留出一个脑袋露在外面。他想，过去自己老是避世修行，如今要在这繁华的八廓街亲眼看看人们到底需要什么，我将来的大业是凶是吉？当时，居民们及外地人，给他送了许多东西。还来了三个尼姑，要他讲解《禁食斋》的戒律和六字真言。汤东杰布说："那好，我不管你们是贫是富，总要给我送点什么都行。随便送什么都可以。"有一位尼姑见身旁有一块木头，便拾起送给汤东杰布；另一位尼姑捡起一块石板送给了他；还有一位尼姑什么也没找着，便说："我没有什么东西送你，就把我的身、语、意全部送与你吧。"汤东杰布十分满意，高兴地说："这太好了，从你们送我这些东西看来，预示了我拯救众生，架设铁桥的大业必能成功。这位尼姑送我身、语、意预示着我将拥有很多的信徒。”随后，汤东杰布给她们讲解了《禁食斋》戒律和六字真言。

遍行卫藏广收弟子

在拉萨河及其他河流上架设铁桥，需要助手，于是汤东杰布离开拉萨，首先来到叶巴地方。当他走进纳拉对巴寺时，有一位格西正在修习。汤东杰布便对他说：“如果你愿意的话，我想收你做我的第一个徒弟，取名叫阿里巴。”格西表示同意，便向汤东杰布磕头施礼。汤东杰布非常高兴，在这里住了几天。

有一天，汤东杰布见到一个从仲巴地方来的小僧人，看他聪明伶俐的样子，汤东杰布便对他说：“如果你愿意的话，我想收你为徒弟，做我的测量员，取名喇嘛洛扎。”小僧人同意了。汤东杰布又见到一位格西，便问他：“你识别多少条路？”那格西答道：“卫藏、后藏的道路，我基本上都熟悉。”汤东杰布听了很高兴，又道：“如果你愿意，我想收你为徒弟，取名为赛纳巴，怎么样？”格西没有推诿。没多久，汤东杰布又碰到一位格西，他身穿法衣，手持钵盂、禅杖。汤东杰布把他也收为徒弟。

汤东杰布把这几个徒弟召集到一起，给他们讲解了六字真言的意义。然后带着他们，前往彭波白达查热地方。

汤东杰布独自登上一座地处路旁水边的岩石山上，当他在山顶上一个很大的拉布则堆①上刚刚坐下的时候，面前来了八个人首龙身的人，一个浑身长着鬃毛一般稠密的细条肌肉、腰间系有长蛇的三眼黑人；一个腰束孔雀羽裙子、手牵一只牦牛大的蝎子的妇人；还有一个手持白旗、白矛、牵七条母牛、乘骑白马的白人。这些人都是本地的龙和土神，它们给汤东杰布送了很多宝物，磕头转经，还说："如果今后你想在此地建造麦杂塔、寺庙，铁桥和大船的话，我们一定会全力支持你的。"当汤东杰布的弟子们快爬上山顶来的时候，众龙和土神们都迅速散去了。

汤东杰布和弟子们到达桑耶寺②的时候，此地的众鬼神围拢到汤东杰布身边，汤东杰布给他们讲了有关压邪的密咒。

尔后，汤东杰布在桑耶寺附近的奇布红岩石山的一个洞里，修习了 8 年。有一天，洞壁忽然发出红光，当汤东杰布认出红光中的关于长寿佛镇阎王的咒文时，红光便消失在洞壁上。汤东杰布目瞪口呆地看着洞壁，此刻，一块人头大的石头落到他面前。他一看，石头脱落处有一个洞，洞里藏有无数的经书。汤东杰布取出这些包罗

---

① 拉布则堆：宗教信徒们在山顶上堆集插有经幡的石堆。

② 桑耶寺：西藏著名寺庙，始建于八世纪中叶吐蕃赤松德赞时期，综合了汉、藏、印三种建筑式样。它位于山南扎囊县境内雅鲁藏布江北岸。

万象创经书之后，又捡起那块人头大的石头睹住了洞口，以防他人发现此洞。为了避免山泉的危害，汤东杰布特意在那块石头上，留下了自己的手印。

汤东杰布还在亢布增巴塔中藏入了一个具法力的，经过加持的长腰鼗鼓。还给当地黄色的土神和蓝色的风神留下了一道指令。指令他俩调合四大种，不许让风沙靠近桑耶寺。

汤东杰布和弟子们南渡雅鲁藏布江，到达乃东地方。乃东王以隆重的仪式欢迎他，还献了很多供品。乃东王要求给他讲讲经，汤东杰布不高兴地说："你曾发誓以教法执政，可行动却与教法背道而驰。你一意孤行十分傲慢，不懂佛法不守誓言。对于你这样的人来说，我是不会给你讲经的"。乃东王说："今后，我保证恪守誓言。"汤东杰布见乃东王态度诚恳，便说："那你必须保证，别为了妇人而置教法不顾；不要强占别人的土地和庄园，不要为了财富而发生纷争，不要叫属民去当兵习武，行凶行恶。如果你能保证这样做的话，那么你会获得长寿，你的家庭会兴旺发达。属民们也会安居乐业，称道你是个好国王。否则，后果是不堪设想的。"乃东王发誓今后保证按汤东杰布说的去做，决不反悔。于是汤东杰布给他讲了《观世音经》和有关镇恶驱邪的教言。

为了寻得更多的徒弟，汤东杰布离开乃东来到才美地方。在这里，他见到了雅普·索南桑布喇嘛。雅普·

索南桑布邀请他到禅房坐叙。他推辞道:“我曾发誓不跨别人门坎,所以我是不会进去的。”雅普·索南桑布执意要他进去,汤东杰布认为这是吉兆,便进去了。坐定后,雅普 索南桑布说:“你有涉水若履平地,预言无所不应之技能,堪称真正之瑜伽。你如果能自夸一次自己是个地道的瑜伽的话,那对我们却莫诺巴的教法将大有裨益。”汤东杰布拒绝道:“我决不能这样撒谎。”

这时,进来一俗人,求汤东杰布给他讲经。汤东杰布说:“我马上就给你讲。”说完便把那人的头发剪了下来还把雅普·索南桑布送给自己的法衣也让他穿上。行过戒律之后,给他讲了三怙主①的《如意经》。汤东杰布讲罢,往那人头上撒了一把青稞,奇怪的是有三颗青稞正好粘在那人的额头上。于是汤东杰布把他收为徒弟。

雅普·索南桑布在一旁责问汤东杰布:“你可以这样乱收徒弟呀?!”汤东杰布理直气壮地答道:“是的,今天我可以随便招收。”的确,这一天,不管是别人送来的狗、山羊什么的,汤东杰布都全部收下了。不管是尼姑、俗人、妇女,只要愿意,就收为徒弟。

此时,他的徒弟已发展到50余人。

到达维卡达孜地方,他又收了尼姑措姆为弟子。离开此地的时候,汤东杰布叫弟子们不要带太多的东西上路,可是他们都不听。当他们走到一个山顶的时候,突然

① 三怙主:密宗事部三怙主。即佛部文殊佛、金刚部金刚手和莲花部观世音。

闯出一帮强盗,把弟子们的东西抢了。强盗没找到的东西,汤东杰布主动拿出来交给了他们。强盗们走后,汤东杰布便以此事教导弟子们道:“你们一心积累起来的财富,还没舍得用就落到了别人的手中,这一切就同梦幻一般。现在,你们该懂得一切财富皆虚幻的道理了吧。今天这些指出虚空的大师(强盗)来得真是时候啊。”

师徒们又来到了岗波地方,汤东杰布拜访了嘎玛巴·通瓦顿珠活佛。因汤东杰布在通瓦顿珠活佛的帐篷里,有过违反戒律的行为。故他出来后遭到了此地僧人们的毒打,他们有的用棍棒、有的用石头,穷凶极恶地往汤东杰布身上打,直至精疲力竭才罢休。这时,有一位叫察吉的人看到这般惨景,于心不忍,便跑到通瓦顿珠活佛面前报告说:“活佛啦,那位无辜的人快被打死了,你快去救救他吧。”活佛一听,急忙跑到现场,见汤东杰布没死,才松了一口气。忽然,汤东杰布“嘭、嘭、嘭”跳了三下便停了下来。运足了气之后,一口气旋转了32圈。活佛见状,自言自语道:“这位瑜伽惨遭这般毒打而不死,决非平庸等闲之辈。”于是活佛再次邀他入帐。汤东杰布坐定后,应活佛要求,讲了如来佛的《调伏经》,并灌了顶。还讲了深奥的《不死旋转气功经》等。临别时,通瓦顿珠活佛给他送了许多茶叶,衣物、麻等物。

嘎玛巴·通瓦顿珠活佛所居地附近一声之地[①]的地

① 一声之地:大喊一声能听到的的地方。

方,有7名可怜的麻风病患者。当汤东杰布走近时,在他们的眼里,汤东杰布浑身呈紫色,右手持吐着火舌的金刚,左手做着“德卒”手式并拿着一条蛇绳,仿佛金刚佛一般。于是他们请求道:“金刚大佛啊,救救我们吧!”汤东杰布便把7名患者踩在脚下,一用力,只见从他们的七窍里,爬出了青蛙、蛇、蝎子等邪魔。就这样,那7位麻风病患者得救了。

汤东杰布带着弟子到塔拉干布地方朝了佛,然后前往杂日地方。他让弟子们暂留杂日,只身来到瓦日那彩地方。此地位于三河交汇处,周围尽是茂密的森林,林间兽出没,踏出纵横交错的小路来。水主龙王瓦日那就盘踞此地。瓦日那龙王十分凶残狠毒,路过此地的马、狗、山羊等生灵,很难逃脱它的魔掌。连牧人在此也不敢大声说话,否则非被吃掉不可。

为了调伏恶龙,汤东杰布打算在此地建一座麦杂塔和一座寺庙。那天半夜时分,他来到瓦日那的门口,禅坐入定,修习了7天。可是,龙王变成一条牛轭大小的蛇和一只牛大小的蝎子,与汤东杰布斗了3天。斗到第3天的时候,汤东杰布对它们说:“你用这点小变幻,想来吓唬我,真是自不量力,可笑,可笑!”汤东杰布紧接着用道歌调唱到:

“上金刚大佛,

下本尊活佛,

世间活佛一百零八，
时刻不离皆坐居我头上，
教法装满我腹鼓，
难道你还未看见？
显密经典与经论，
教言、密咒与智慧，
外加深奥变幻经，
一切装满我腹鼓，
难道你还未看见？
念经修习时刻不忘，
观想串想众佛祖，
得到生起圆满二次第①，
妙法装满我腹鼓，
难道你还没看见？
一千纯黑护法神，
十万肉食保护神，
形影不离伴随我，
技能装满我腹鼓，
难道你还没看见？
哈哈，我在开玩笑，
可是你也要知道，

---

① 二次第：佛教密宗无上瑜伽之二次第。生起次第为第一次第，即内心假想凡俗之生成为佛身形象，求得相应而证佛果的修法。第二次第为圆满次第，即不用内心假想，直缘本身风脉，生起空牙妙智，现证佛身的修法。

假若把妙言、妙法当种子，
播种在劣土里是毫无用处的。
可怜的龙神呀，
赶快收起你的雕虫小技，
暴露原形听听经，
这样对你有好处。”

汤东杰布非常可怜它，唱着唱着，流出了同情之泪。那蛇和蝎子听罢，也都退了回去。

过了一会儿，龙王瓦日那还原为一个人首蛇身的怪物，头上捆着一条黑蛇，右手持一棵树桩子，左手持着蛇神，带着众多模样与他一般的一群怪物，来到汤东杰布面前。给汤东杰布磕了头，献了供品，并发誓要将它们自己的身心全部献给汤东杰布。在龙王瓦日那的请求下，汤东杰布给它行了“居士戒律”。

龙王瓦日那又说：“在西南方向，有一个大山泉与娘曲河交汇处的三角地带，还住有一个如同阎王一般残忍的水怪叫董吉巴，它一见生灵就要吃掉。请你也去给他行一行‘居士戒律’吧。另外在娘曲河的上游，有一个叫塘玛塘错的湖泊，湖主龙王是我的姐姐。如果你同意，就把她也收做徒弟吧。”紧接着，它再次保证道：“如果你或你的弟子们，要在此造船架桥，或者需在水上岸边行什么事的话，那我和我的部下将尽心尽力相助。今后，我们决不再伤害生灵。不管是谁在河里遇难时,只要他喊一声你的大名,或者心中想到你,那我们保证马上去帮助他排忧解难,化险为夷。”为了便于汤东杰布在此行业,龙王将此地奉献给了汤东杰布。

汤东杰布来到水怪董吉巴所居地时,忽然河水掀起了房子高的大浪,害死了不少人。汤东杰布十分生气,天黑以后,便叫船夫开船送自己过河。船夫说:“晚上渡河,我们都得死在河里,你不要命了?”汤东杰布说:“你们必须开船,我担保决不会出事的。”当船夫们认出他就是汤东杰布时,便开了船,摇摇晃晃地开到江中。汤东杰布往水里撒了一把青稞,顿时,波浪涛涛的河水平静了下来,接着汤东杰布给水怪董古巴行了“居士戒律”。从此,这里波平浪静,再也没有发生过任何事故。

应唐玛唐错湖主母龙王的邀请,汤东杰布又来到唐玛唐错湖边。这里有众多的神鬼、恶龙行凶作恶,无法无天。汤东杰布便在此呆了 7 天,施法用术,调伏这些恶魔。到第 7 天的时候,他们都在汤东杰布面前现了原形:土神和恶龙变成了蝌蚪、青蛙、鱼、蛇和蝎子等,挤成一堆在蠕动;恶鬼们变成猿、猴、狗、鸟战战兢兢地站着喘息。这时,汤东杰布给他们讲了有关因果报应的经教。告诫它们弃恶从善,改邪归正,否则是决没有好下场的。众神鬼们听罢,表示一定改邪归正,决不再行凶作恶。

考察矿山试炼铁

汤东杰布带着弟子们，一起来到工布地区定则地方。这里有许多人在打铁，汤东杰布想看看他们怎样造铁桥，同时也想试探一下人们对自己架设铁桥的反应。于是他问铁匠们："你们给我送些铁和饮食可以吗？"铁匠们答道："你身强力壮的，如果来参加干活的话，会得到不少铁块的报酬的。"汤东杰布欣喜地问："此话当真？"铁匠们肯定地说："只要肯卖力，你会获得堆积如山一样高的铁块的。"

这时，有一个人走到汤东杰布面前，送上一条铁链后请求道："避世瑜伽呀，我的一条狗死了，请你给它祈祷一下。"汤东杰布接过铁链说："还有比这条更长的铁链吗？"那人答道："当然有。只要你肯帮我们打铁，为狗祈祷超度，我们可以送给你能横接雅鲁藏布江那么长的铁链。"汤东杰布又问："那么长的铁链拉起来不会断吗？"

"哈哈，你问得有道理。"众人一看，原来是一位 18 多岁的空行母模样的姑娘向他们走来。姑娘走到他们面前,伸出一只胳膊,说:“如果铁链的每个接环都有这胳膊这样粗,那是绝对断不了的。”在场的人们异口同声地赞同道:“姑娘说得好,一定得打那么粗的接环。”

汤东杰布听他们这么一讲,心里亮敞了,对架桥大业的完成,充满了信心。他愉快地离开定则,来到了帕嘎地方。当地人给他送了许多铁制品,汤东杰布推辞道:“我是个避世者,要这么多铁干什么用呢?”他们说:“这些东西都是用优质铁打制的,你把它带回卫藏地区,会有用处的。”这时,又来了一位约 15 岁左右的空行母模样的姑娘,对汤东杰布说:“你现在是需要铁的时候了。”她说完就走了。汤东杰布感到这一切都是预示自己能完成架桥大业的吉兆。

汤东杰布和弟子们到达察隅地区那唐邦地方,搭帐篷宿营。这时,汤东杰布的帐篷前来了不少本地人。汤东杰布坐在一个很大的石头上,对他们说:“你们打算给我送点什么?”众人问:“你想要什么礼物?”他说:“什么都行。”有人说:“那就把你坐着的那个石头送给你吧。”汤东杰布感觉这是个吉兆,非常满意,便吩咐弟子们道:“你们把这个大石头摆正,垒成一个宝座。”正当徒弟们动手垒石的时候,跑来一个农民打扮的人,非说这石头是属于他的,是他准备用来砌墙的。那人说着就和弟子们抢了起来。结果,石头被农民抢走了。

师徒一行,很快就来到了墨莫岗地方。此地蕴藏着丰富的铁矿。汤东杰布打算在此修建寺庙、工棚，以便长期传教、开矿。于是，他派日松贡布和桑日巴瓦坚二人，去寻找风光优美殊胜的寺址。他们俩带上汤东杰布给他们准备好的一套用品，就出发了。

路上，遇到了一场大雪，他俩无法再走，便钻到一个山洞里避雪。当他俩正在吃干糌粑的时候，汤东杰布找他俩来了。他俩听到了师傅的呼唤声，可满嘴巴的干糌粑吞不下也吐不出，没法答应。汤东杰布到处喊，没有回音，以为他俩没在此地，便钻进此洞来，准备避一避大雪再去找。他一进去发现了他俩，就惊讶地说道："哦呀，原来你俩藏在这儿。可这地方不高不低的。"汤东杰说着，见他俩嘴巴鼓鼓不说话，瞪着两眼直摇头，感到奇怪，纳闷。过了一会儿，俩人终于咽下了糌粑，才开口说："这地方的确不怎么样，可这么大的雪叫我们怎么去找呢？不过这雪不会下多久，明天再去找吧。"汤东杰布这才明白了刚才发生的一切，觉得是个吉兆，便决定就在此建寺修房。

仅用了两个月时间，两根柱子[①]大的能容纳两千人的经堂和一些工棚就盖成了。

汤东杰布率领众弟子在这里采到了许多铁矿石，炼得不少生铁。快打造铁链的时候，汤东杰布准备招收一

---

① 柱子：此处系藏族传统计算房屋面积的单位。例如，当藏族问你家房屋多大时，就会问："你家是有几根柱子的房子。"

批铁匠。这时候,工布地方的妇女顿珠杰布送来了十三背铁块,求汤东杰布道:“活佛啦,我父亲去世了,请您超度他吧。”她的话音刚落,又来了一个人。汤东杰布高兴地对那人说:“铁匠贡嘎啊,你来得真是时候。”说完,又来一人,汤东杰布又说道:“铁匠桑吉啊,你来得正好。”话音一落又来一姑娘,汤东杰布又说道:“普莫扎西啊,你给我带来了吉兆。”这三人非常惊讶地问道:“你怎么会知道我们的名字,是否有人告诉你。”汤东杰布答道:“谁也没告诉过我。”三人这才明白,汤东杰布原来是位先知先觉的圣者,从心里敬仰他。那姑娘给汤东杰布献上了五个铁环。两个铁匠也献上了许多铁块,并自愿留下来打铁。

在汤东杰布的号召下,来了众多的铁匠。用了18天时间,就打出了一根18庹长的铁链。这时候,有几个鬼迷心窍的人,扇动铁匠和前来献铁的人们道:“这个活佛(指汤东杰布)是个行骗的伪君子,我们从来没听说过铁能架桥,在汉地和藏地[1]也从来没有出现过什么铁桥,我们上当了。在藏地铁很珍贵,他一定是想把我们工布的铁带回去。”大家听他们这么一说,都信以为真。于是,铁匠贡布等三人,召集了很多人来到汤东杰布面前,说道:“无论如何,你必须显露出叫我们信服的本领来,否则,我决不会饶过你的。”汤东杰布心平气和地对众人:“那你们

① 藏地:习惯上,把西藏自治区分为前藏、后藏、工布、康区、羌塘、珞瑜、门隅等若干区。此处系指前藏和后藏地区。

先回去，明天太阳出山的时候再来。”众人听罢，都回去了。

那天晚上，汤东杰布把四根铁条拧在一起，挂在一棵没人爬得上去的大树上，然后再朝四方拉开。还在陡峭的岩石山上打了一根箭一样长的铁柱，把一根10庹长的铁条挂上，铁条上还拴了一条很长的布。

第二天，太阳一出山，铁匠们手持弓箭，纷纷集中到汤东杰布面前。他们喊到：“有什么本领就使出来吧！”汤东杰布不慌不忙、不软不硬地道：“你们当中若有害怕生、老、病、死的人的话，就向树上的铁条祈祷，接受加持吧。”这些铁匠固执地说道：“这是什么话，你若真有本领，就在石头上留下你的脚印和手印来。”

这时，有一位珞巴商人正好经商到此，他觉得奇怪，想试一试，结果，所祈祷的，皆如愿以偿。可那些愚蠢的铁匠们没有想想，挂铁条的那棵树又粗又高，别说上去，就是看一眼也叫人头发晕，没有本领能挂的上去吗？还有那镜子般光滑又陡峭的岩石山上，谁上得去，何况挂铁条。

他们什么也没想，又逼道：“赶快使出招数来吧，否则我们马上乱箭把你射死。”汤东杰布气愤极了，瞪了他们一眼，大声道：“你们这帮愚蠢透顶的人啊，射吧！不射你们就不是人！我就站在这，动一下我决不是人！你们射啊。”汤东杰布无所畏惧地站立着，徒弟们见状都跑开了，铁匠和献铁者被镇住了，呆呆地站在那儿。

晚上，几个察隅的人一起商量说："今晚我们去把汤东杰布挂在树上的铁偷来，拿去换些酒肉来吃。"他们来到大树下，无法取下树上的铁，于是又心生一计，想用斧头把树砍倒。这时，从树上掉下一根树枝，不偏不正，正好打在他们的脑袋上。因为汤东杰布以慈悲为怀，所以只让他们受了点伤就罢了。

在工布弘扬佛法

当时,汤东杰布想:看来教化、拯救此地(工布一带)众生的时候到了,还是先从教化珞巴人开始吧。

根据当地土神的指点,汤东杰布领了七名僧人弟子,带上一个海螺、七把斧头、七套弓箭和炊具,令工布的六个土神引路,开往珞巴人聚居地。汤东杰布还邀请了密宗三怙主同行。

汤东杰布骑一匹白骡,在当地土神的护导下,取道天空,只一个时辰的功夫便到了达仑地方。在这里,他见到了察隅地方的圣者,他们给汤东杰布送来了许多酸奶子和酥油等东西,还说:“大佛啦,到珞巴聚居地去恐怕有危险。如果改去桑拥地方情况会好一些,我们还可以做你的向导。”汤东杰布没有被他们的一席话吓住,认为:“倘若真是像他们说的那样,那我更是非去不可了。”他带着那六个土神,继续前行。

当他们到达珞巴地区卡堆嘿那地方时,弟子们也正好赶上来了。他们误入一片长有檀香木的原始森林里。

那森林特别茂密，隐天蔽日，叫他们无法再前进一步。森林里还有无数的虎、熊和鹦鹉等动物。汤东杰布毫不畏惧，对随行们说："现在，弓箭和斧头派上用场了。"说着，他拿起弓，搭上箭，"嗖、嗖、嗖"向正前和左右方向各射了一箭。顿时，三箭所到之处，各开出一条光闪闪的路来。

他们先向右边的那条路走去，发现那支箭正好插在一个形似狮子口般的山洞前的一棵檀香木树上。汤东杰布叫弟子们把这棵檀香木树砍掉。当弟子们砍了一半坐下来休息的时候，来了100多只活蹦乱跳的猴子，向汤东杰布磕头转经，还献上了各种各样的果子。它们接着把那棵砍了一半的檀香木树也砍倒了。汤东杰布带着徒弟们钻进那个狮子口山洞，惊奇地发现洞里有自然形成的琉璃般的九位金刚佛。尔后，汤东杰布在洞里修习了一个月的《金刚经》。

他们又向左边那条路走去。发现那支箭正正地插在一个黄牛角般山洞前的一棵粗大的白河子树上。汤东杰布用"德卒"手式朝那棵白河子树一指，这树便自动倒下了。他们钻进山洞里，发现洞里有自然形成的五位不空羂索佛。汤东杰布便在此洞里，修习了一个月的《不空羂索咒心经》。

他们再朝正面的那条路走去，发现那支箭插在一个山洞前的一棵有刺的毒树上。汤东杰布叫弟子们把这棵毒树砍掉，当弟子们砍到一半的时候，不小心把斧头弄坏了。这时,从林间走来一位头戴鲜花,身着树叶的仙女,送来了一把锋利的斧头。弟子们用这把斧头很快就把那毒树砍倒了。这时,他们清楚地看到,眼前的这个山洞特别奇妙,如同佛地一般。山洞中央,有智慧空行母,左右两侧是狮脸空行母和署玛那莫空行母。汤东杰布在此洞呆了一个月,尽心尽力地供奉空行母。

汤东杰布让随行们暂避此地,自己只身来到一块较开阔的珞巴人居住地。此地有一条河,河边有一些赤身裸体的怪物在抓鱼、青蛙和蝌蚪等水物吃。此地的珞巴人正在隆重地为一对年轻人举行婚礼。这时候,汤东杰布拿出海螺,使劲地吹了几下。珞巴人惊奇地一看,惊恐地叫着:"鬼僧苯手持小儿子(实则小佛像)来了!"尔后都跑开了。

之后,珞巴人集在一起商议道:"此人不知来这里想干啥,我们先把他杀了再说。"于是,他们持着弓、箭、矛、刀等,气势汹汹地朝汤东杰布逼近。此刻,汤东杰布龇牙咧嘴,鼓着眼珠,用"德卒"手式直指着他们。珞巴人被这般形象吓坏了,手里的武器也不由自主地掉落在地上。汤东杰布乘机爬上了一棵大树,珞巴众人们这才反应过来了,有的人吼道:"他爬上树去了,快用箭射!"可是他们射出去的箭都反转回来,差点儿把自己伤着。他们又抡起铁斧子来砍这树,可不知怎么搞的,铁斧变成了木斧,而那棵树却变成了铁树。他们又施一计——火烧。他们搬来松树枝，堆起两层楼那么高的一大堆，点火烧了起来。此时，汤东杰布变成无数之身，各自手持不同的武器，浮荡在空中，嘴里一起吼着"呸"，那声音，如同千龙齐吆，惊天动地。顿时四响炸雷落在四座山上，打得四山崩溃，山洪暴发。

正当那些珞巴人被汤东杰布的幻术吓得目瞪口呆的时候，汤东杰布的随行们和在墨莫岗碰到的那个珞巴商人，来到了此地，汤东杰布叫他们立即搭一个讲经台。台搭好后，汤东杰布变成一位百看不厌的英俊男子，坐在讲经台上，嘴里念着"唵、嘛、呢、叭、咪、吽"。这时，那些被吓昏倒在地的人，也陆续醒过来了。于是，那个珞巴商人对他们说："这位活佛法力无边，谁也对付不了他。我在工布的时候，曾经拜他为师，按他的指点祈祷后，一切如愿。所以，如果我们大家都拜他为师的话，那我们一定会得到好处的。"他们明白这位活佛是无法对付，顽固下去是没好处的，于是他们回答说："今后我们一定听他的。"

于是，汤东杰布在这里制定了十善的教规，还给一些稍微觉悟一点的人讲了"生死轮回""因果报应"的经。还教他们每月初十供神的方法，渐渐地形成了一种习惯（这个习惯一直保持至今——作者）。

从此，这个从前教徒足迹未至的地方，像得到阳光一样，获得了教法的光明和温暖。

为了将此地开辟成一个成熟的佛教圣地，汤东杰布向远方射了一支箭,叫弟子们去找。弟子们朝着箭飞的方向找去,终于在一条小溪旁一棵粗大的檀香木树干上找到了。那支箭射进了树干里,只剩下箭羽露在外面。他们取不出来,便回报了汤东杰布,汤东杰布跟他们来到那棵大檀香木前,命令弟子们把树砍掉。正午时分,树被砍倒了。这时,大家发现树下有一块很大的石板。搬开石板,有一个狮子口般的洞,洞内又宽敞又漂亮,使人看一眼就会产生修习教法的念头。洞内有贡都桑布金刚勇士和金刚母,有日松贡布佛,十面观音佛和无数的菩提佛。还有吉祥多门塔、长寿塔和经过莲花佛加持过的金轮,左旋白海螺、幢幡、白伞、宝瓶、金鱼,吉祥结、莲花等八吉祥宝。还有一潭鲜花簇拥着的清池,以及甘露泉和菩提树。

汤东杰布便对弟子和前来围观的珞巴人说:“你们祈祷吧,为自己今生和来世的幸福祈祷吧。”

从此以后,此地的珞巴人更加深了对汤东杰布的崇敬。汤东杰布和徒弟们在这里行了两年的善业。当他们准备返回卫藏的时候,这里的珞巴人以泪眼相送,恋恋不舍。还说:“过去我们这里谁也不敢来,我们听不到诵经声,不懂得教法,尽干行恶作孽的事。自从您到这里来以后,我们才懂得了教法,才获得了幸福和快乐,我们衷心地感激您。求您不要离开我们。”汤东杰布安慰他们道:“我们的见面,都是前世祈祷了的缘故,我们还应该再为来世而祈祷。你们不要难过,今后我每年派一个代表来卫藏和此地的交界处,供奉那里的一座自然形成的琉璃般晶莹的塔。他来了你们要像对待我一样敬重他。这样,你们一定会获得幸福的。”珞巴人说:“请你放心,只要我们知道了,一定像待你一样地待他。他来的时候请先告诉我们一声。”汤东杰布说:“这个人来的时候,会有两只小乌鸦到此地鸣叫报信,你们听到后,就准备些做朵玛的原料送去。”

珞巴人听罢,十分高兴,含着感激的眼泪再次向汤东杰布磕头,祈祷。他们一直把汤东杰布一行送到与卫藏交界的地方,给汤东杰布大摆供品之后,才返回去了。

当汤东杰布一行到达工布地区时,那里的工布人十分佩服他们。他们说:“看来,你的确是位名副其实的大活佛,居然轻而易举地调伏了那蛮荒之地,真了不起。我们恳求你为我们消除老虎之害。”说着,他们给汤东杰布献了100两酥油、21头犏牛和7口铁锅。汤东杰布答应了他们的请求,祈祷道:“望老虎获得长寿。”那些工布人一听,不高兴地说:“你怎么能这样祈祷呢?应该说望老虎快点死光。”汤东杰布接着又祈祷说:“望老虎与众生和睦相处。”接着他撒了一把青稞。尔后,又垒了一座麦杂塔。从此,老虎再也不伤害人、畜和别的生灵,与人们相处得非常融洽。

汤东杰布一行又来到了墨莫岗。这里的人说:“这两年来,你恐怕是到别的地方去了吧?你说你一直在珞巴人聚居的地方,那是不可能的事。如果你真的去那儿,他们不把你杀了才怪。”汤东杰布没有和他们辩论,只是淡淡地说:“你们给我点吃的行吗?”他们给了他五个饼子和一碗青稞酒。汤东杰布给饼子和酒加持后,便回赠他们。没想到这么点东西怎么也分不完,居然让在这里的400余人吃饱喝足了。他们这才明白,汤东杰布真正是位法力无边的活佛。

汤东杰布对他们说:“我想向你们借几匹马和骡子,把树上挂着的那些铁条运到拉萨去。”他们想,这位活佛连珞巴地区都闯过来了,听说他在藏地时有涉水如履平地之法力。我们要阻止他带走这些我们辛辛苦苦打出来的铁,恐怕办不到。如果让他带走又可惜,怎么办呢?他们终于想出了一个办法,于是对汤东杰布说:“我们用了两年的时间,想了各种法子,可那树上的铁条还是没法取下来。你是个法力无边的活佛,一定能把它取下来,如果你真能把它取下来的话,那他们一定帮你把它送到拉萨去。”

汤东杰布听罢,立即爬上树,一下就把那些铁条折断取了下来。那铁条放在地上,工布的100个大力士也移动不了它。这下,工布的这些人才真正被镇住了,他们说:“这位活佛是真正的修习得道者,我们能亲眼看到他那无边的法力,真是我们的福份呀。”于是他们给汤东杰布大摆供品慰劳，还送了大量礼物，然后说道：“从今以后，你就是我们东工布地方的大活佛，我们一切听从你的。”

他们按汤东杰布的吩咐，牵来200头犏牛、40匹马和骡子，驮上铁条等物，先出发了。

汤东杰布来到孜岗地方，看见这里有一座塔，他知道此塔对整个藏地有害无益，于是，他坐到塔上，修习了一天的“降魔经”。

此地有一位叫嘎玛的活佛，身边有一个叫恰约的侍从。这个侍从是个心胸狭窄的人。当他听说汤东杰布——名副其实的修习得道者的美名传遍了珞巴和工布地区，而且得到了不少弟子和财富时，他那抑制不住的忌妒之火已在心中熊熊燃烧起来。

正巧，此时他见汤东杰布坐在塔上，于是找到了发泄的机会，他指着汤东杰布骂道：“你这个疯子，谁叫你坐到塔上去的。”他骂着，拿起大刀朝汤东杰布冲去，又气急败坏地捡石头往他身上砸。那雨点一般密集的石头打在汤东杰布的身上，汤东杰布被石头埋了起来。

第二天黎明时，他见汤东杰布没被打死，反而比过去更加威风凛凛，安坐在石头堆上，身子也变成了蓝色药佛。他见状，便向汤东杰布磕头、忏悔。嘎玛巴活佛知情后，狠狠地骂了侍从一顿。还给汤东杰布送了茶叶、衣服、布匹等礼物，请求汤东杰布息怒。

汤东杰布到达喔喜地方时,活佛多吉兴巴乞求汤东杰布给他的佛堂加持。汤东杰布说:“我不用去佛堂了,就在这儿给它加持吧。”说着,他抓起一把青稞向佛堂坐落的方向撒去。尽管喔喜离多吉兴巴的佛堂很远,但那把青稞仍然撒遍了佛堂的楼上楼下,堂里堂外。

离开喔喜,汤东杰布继续往拉萨而去。

在拉萨河上修建铁索桥

汤东杰布从工布回到拉萨的时候,墨莫岗的人把铁也运来了。经过一段时间的准备,于藏历铁狗年,也就是汤东杰布70岁时,开始了拉萨河上修建铁索桥的工作。

当汤东杰布来到拉萨河边探测地形的时候,来了一个手持弓箭的人。汤东杰布问他:“把你的弓箭借给我使一使行吗?”那人爽快地把弓箭递给了汤东杰布。他接过弓箭,朝河南岸连射三箭,第一箭落在河里,第二箭把对岸的山尖穿了一个洞,第三箭射进了山腰的岩石里。汤东杰布非常高兴,说“这太好了,这是我能在此架设铁桥的吉兆啊!”

于是,汤东杰布请来了“溜”和“吉旭”两地的头人。汤东杰布对他俩说:“我想在拉萨河上架设一座铁索桥,请你们帮忙砌一个石桥墩,怎么样?”吉旭的头人不愿意干,还找了各种各样的借口。溜地方的头人想,若在此砌两个石桥墩,即便铁桥架不成,对护河防洪也是有好处的,如果桥架起来了那是再好不过的了。想到这,他答应了汤东杰布的请求。

溜地方的头人回去招集了该地区的百姓们,来到拉萨河北岸,开始了采石修砌桥墩的工作。在头人的指挥下,一座坚固的石桥墩很快就修砌成了。

桥墩砌好了,铁链也打好了,架设的工作开始了。这时,女施主格桑又带着100多名僧俗壮汉,前来相助。汤东杰布爬上南岸岩石山上,找到了那支射在岩石上的箭。便在这儿把两根有两支箭长的铁棒打进岩石里,然后把铁链的一头死死固定在那两根铁棒上。铁链的另一头则拴上绳子由女施主格桑指挥人们使劲拉。可是铁链太重了,绳子老断,绳子一断,人们便倒的倒伤的伤。有时候因用力不齐,费了劲也拉不动。一天过去了,铁链还是没有拉起来。

那天晚上,汤东杰布唤来了八部。八部们非常卖力,一会儿功夫就把铁链拉起来,固定在北岸的那座桥墩上。第二天太阳出山的时候,人们见铁链已经拉挂好了,都赞扬汤东杰布说:“昨天那么多人使了一整天的劲都没有把铁链拉起来,活佛用法术,一夜之间就把它拉挂好了,真了不起。”

铁链拉挂好了,剩下的工作就是用绳子编织桥面,可是绳子不够用。汤东杰布非常着急,便叫吉旭地方的人献绳子来,可是没有一个人送来,汤东杰布气愤地说:“我到工布弄来那么多铁,现在铁索桥都快修好了,叫他们送点绳子来都不肯,真不像话。”没办法,汤东杰布便把两名僧人叫到面前,吩咐他俩:“你们到障魔那卡那居住的树林里去,那里有一石堆,石堆正中有一块手臂那么长的带有黑记的椭圆形的石头,你们用它缠上线背回来!”

很快,那两个僧人就把那块石头背回来了。汤东杰布叫一个尼姑看管它,还嘱咐道:“在我没有来取这块石头之前,你每天上午、中午和下午用棍子打三次,每次各打它 13 下。晚上把它埋在地下,再用金刚杵压上。”接着,汤东杰布把一个金刚杵交给了尼姑。

原来这块椭圆形的石头是吉旭地方的保护神那卡那。挨了几天折腾之后,实在受不了了。于是他附到一个那木雄人的身上,借他的口哀求吉旭的人道:“大修行者汤东杰布把我逮起来了。他白天叫人打我,晚上把我埋在地下,还用金刚杵压我。我实在受不了了。你们替我去说说情,救救我吧!”吉旭的人听罢,跑到汤东杰布面前道:“那卡那是我们的保护神,求您饶了他吧。我们今后一定听从您的。”

汤东杰布答应了吉旭人的请求,把那卡那放了。这时,那卡那变成一个英俊的少年,和吉旭的人们一起向汤东杰布磕头谢恩。他们按汤东杰布的指令,很快就送来了一百背绳子。

有了足够的绳子,桥面很快就铺设好了。汤东杰布没把那个椭圆形的石头放回原处。它便显出原形,向汤东杰布忏悔,汤东杰布看他有改悔之意,便给他行了“居士戒律”,然后任命它为这座铁索桥的保护神。

广修铁索桥为众生行善

为了修建更多的铁索桥，汤东杰布站在拉萨铁索桥上，朝后藏方向射了两支箭。一支射到了尼木宗，被流浪艺人们捡到送了回来。汤东杰布认为这是尼木宗等雅鲁藏布江流域各地能够修建铁索桥的吉兆。第二支箭射到了曲日山上，汤东杰布认为是将来他一定能在此山上修建寺庙和在山前修建铁索桥的吉兆。

于是，他开始周游四方，一面行善，一面集资。由于这年遇到罕见的旱灾，发生了饥荒，因而影响了汤东杰布修建铁索桥的工作。

直到第二年，也是藏历阴铁猪年，才修建了第二座铁索桥——尼木大桥。第三年，即藏历阴水牛年元月，汤东杰布73岁时，他在曲日山顶上和山脚下修建了一座《甘珠尔》和《丹珠尔》经库和两座寺院，一座大塔。还委派了专人看管。

但是要在此修建铁索桥，暂时还没有能力，于是汤东杰布来到巴冲地方。这儿有一座山，形似一条黑蛇往下爬,那势态似乎要将巴冲拦腰截开似的。汤东杰布为了镇压此山,便在山顶上建造了一座塔。还在山阳面的一块像是由许多龟堆成的岩石上,打上四根铁桩,搭成了一座讲经台。

在巴冲,汤东杰布采集到许多铁。于是,他召集了众多的铁匠,来加工铁链。汤东杰布晚上禅居于那黑蛇形岩石山的讲经台上,白天亲自参加打铁工作。

有一天,汤东杰布幻变成 18 身,分别给脱苦布普、董卡、齐乌、麦普、罗林卡等 18 位铁匠当助手,帮他们鼓羊皮风箱,抡大锤,添炭火。晚上,他们当中有一人炫耀说:“今天汤东杰布亲自来帮我干活了!”众人一听,纷纷争辩说:“不对,他今天在帮我干”,他们都说汤东杰布是在帮自己干活。后来,他们才明白,原来这天帮自己干活的是汤东杰布的幻身。因而都在心里对汤东杰布产生了不可动摇的崇敬之意。

汤东杰布给那几位铁匠每人送了一块坚硬的、再热的铁也烫不裂、再重的锤也打不碎的打铁石。他还用贵重的器皿盛满米酒给他们喝。

经过三个月的奋战,共打出了 7 千根铁条和不少锤子、钻子。同时还收集了许多杂铁。这时,巴冲的居民们找汤东杰布请求道:“大活佛啦,为了我们,你就在这儿修建一座铁桥吧。这样,我们往来渡河就方便了,我们到拉萨去朝佛也就便利了。”汤东杰布答应了他们的请求。

可是，要在此架桥，现有的铁料还不够。于是，汤东杰布带上别人送给自己的布施前往门巴地区，换了大量的铁料回来，才把铁索桥修成了。

汤东杰布在门巴地区换铁的时候，曾遭到三个门巴强盗的暗算。当时，这三个门巴强盗以为汤东杰布很富有，便动了邪念。有天晚上，他们三人来到汤东杰布禅坐过夜的一座岩石宝座前，先把汤东杰布抱起来扔到悬崖下，便四处寻找起汤东杰布的包袱来，可是他们怎么也找不到。这时他们听到有“吽”“呸”的声音在回荡，定神一看，原来是汤东杰布还稳坐在岩石宝座上，嘴里还不停地念着“吽”“呸”。他们非常奇怪，心想刚才不是把他扔到悬崖下了吗，这是怎么回事呢？

他们再次把汤东杰布抬起来扔下悬崖，又开始寻找起包袱来。没想到汤东杰布又坐到了宝座上，而且比原来更加威风凛凛。这下可把他们吓坏了，拔腿就往回跑，连头都不敢回一下。回到家后，他们仔细想了想，都感到非常内疚，后悔。于是，第二天一早就跑到汤东杰布面前忏悔，还送上了许多铁块。

后来汤东杰布在瞻天普地方，又建造了两座铁索桥，即“宗教索桥”和“查中铁桥”。还在江益热瓦卡、捏帕姆促、达巧岗、喔堆龊嘎、帕中、德那卡奇、塔拉吉林、泥夏等地修建铁桥和寺庙。

之后，汤东杰布准备将架桥剩余的铁料和别的货物运往曲日地方，他将15根铁条拴成一驮，共拴了1800驮，还有纸、墨等700驮，由参加过铁索桥和寺院修建工程的僧人和施主等人送到了帕里。到达帕里后，由于暂时找不到接应者和乌拉，汤东杰布没有办法，只好将这些东西暂存放在帕里，自己背上7根铁条先出发了。

经过乃尼地方的时候，他实在太累了，便把背上的铁卸在一户人家门口的下马石上，坐下来休息了一会儿。这时，走来一位格西，问："你从哪里来的？"汤东杰布答道："今早上从帕里出来的。"格西指着下马石上的铁条又问："这些铁条是你背来的吗？"汤东杰布没有回答他，一只手抓起铁条举了起来。格西见状，明白汤东杰布不是一般的人。便说："请到家里坐一会儿，顺便教我点本领。"

汤东杰布随格西到家，饱吃了一顿之后，用糌粑捏了一尊自像，送给了格西。之后格西用驴把汤东杰布送到了乃尼大桥。

汤东杰布在乃尼桥上，将那些铁扔到河里，说："龙王们，请代劳把铁条送到曲日地方去。"

当汤东杰布经羊卓岗到达曲日的时候，龙王们也把那七根铁条运到了。汤东杰布把铁条埋在沙里，又立刻转回帕里，去取存放在那儿的东西。

他途经干巴拉山的时候，遇到了骑白马的夜叉亢桑。亢桑把另外一匹白马让给汤东杰布骑、邀请汤东杰布到他建于雪山顶上的家里，款待了一顿之后说：“如果你要在曲日地方修建铁索桥的话，我要助你一臂之力。”汤东杰布说：“那好，眼下最要紧的是先把我存放在帕里的铁条等货物运来。”

于是亢桑招集了属民们，随汤东杰布来到了帕里。正好此时法王贵桑帕巴也来到帕里桑珠寺，当他得知汤东杰布的难处后，便写了一道指令，内容是沿途各地务必支应乌拉，确保汤东杰布将货物如数运往曲日。法王还让弟子贡觉白桑护送汤东杰布前往。

于是，由热布丹担任乌拉领班，与汤东杰布及亢桑等人一起，将存放在帕里的铁条等货物，全部运到了曲日。

藏历木虎年，经过九个月的艰苦奋斗，汤东杰布终于在曲日山前的河上架起了一座铁索桥，还修建了两座降妖塔。

前往阿里地区行善业

藏历阴木兔年上半年，汤东杰布带着弟子们来到了阿里地区。

当他们途经埫拉山时，汤东杰布骑一头驴，带头行走在悬崖峭壁上。弟子们见前面山势十分陡峭且光滑如同镜子一般，十分畏惧，便胆怯地说："前面根本无路可走，我们还是绕道吧。"汤东杰布一听，叱道："这是条捷径，没路也得走，大不了就是死嘛。"说着汤东杰布翻身下驴，手持铁棒，率先攀登了上去。弟子们不敢再说啥，也跟着汤东杰布艰难地往上攀登。

汤东杰布一行十分艰难地翻越了埫拉山，在一个温泉旁稍稍休息之后，便来到了基中地方。在这里，他们一共住了 7 天。白天，他给基中众人讲六字真言，教诲他们行善。晚上则禅居于此地的释迦牟尼像东边的一块岩石上。当他们离开时，基中的众人给他们送了铁块等礼物。汤东杰布还收下了白珍等三个尼姑，做为弟子带走了。

离开基中，他们来到阿里王所居地。汤东杰布应邀给阿里王等上层人士们讲了经,他们听后非常满意,给汤东杰布送了许多礼物,并挽留他多住些日子。这使此地的大活佛却白桑布感到十分忌妒、恼怒。他用四块金币买通了女管家,叫她把一杯放了毒的酒给汤东杰布送去,想把汤东杰布害死。

汤东杰布接过酒,便知道这是一杯毒酒。于是对那女管家说道:"哎呀,如果我不喝这杯酒的话,对你不利。如果我喝了的话,又对我有害,怎么办才好呢?"女管家听罢,惭愧地跑了。这时,汤东杰布把自己的心腹弟子们找来,悄悄吩咐说:"你们是我最信赖的人。现在,你们把铁块和别的东西秘密藏起来,千万别让本地人发现。除了弟子们,谁也别让动。我要静坐禅定 7 天,这 7 天里不许任何人来打搅我。也许我会死去,也许还能活下来,但无论如何,我得罪不起却白桑布活佛。一切听天由命吧。"弟子们按他的吩咐行事去了。这时,他举起那杯毒酒,一饮而尽。

第二天,却白桑布大活佛和女管家来到汤东杰布面前,见他脸色乌黑,表情痛苦难看。大活佛暗自高兴,女管家则后悔不已。女管家跑回去偷偷地为汤东杰布点供灯,烧香,磕头,还摆了仪轨。圣药佛得知此事后,用甘露水给汤东杰布加持,还送了两粒药丸,拯救了汤东杰布的生命。

后来,汤东杰布朝拜了玛旁雍错湖,[①]还周游了古格

① 玛旁雍错:位于普兰县境内,为佛教徒心目中的圣湖。佛典中称为"阿耨达"汉文典籍中称之为"瑶池"。

布、布朗杰地方，以及回民集居地。

返回藏地时，正值寒冬季节。汤东杰布身上只裹了一床毯子，赤脚行走。他把凛冽刺骨的寒风的吹刮，当作一种快乐和享受。到达郎杰拉孜时，当地人见他这般情景，实在于心不忍，便给他送了许多衣物，还款待了他。他们问："你叫什么名字？"他答道："我叫汤东杰布。"他们都摇头道："你别说。你知道汤东杰布是个什么样的人吗，你怎能跟他比呢？"

当弟子们赶到此地的时候，本地人才相信了汤东杰布的话是真实的。于是，他们拿出不少黄金和铜送与汤东杰布。

汤东杰布行至杰普地方，此地有一座苯教[1]寺庙，人称雍仲林寺。寺内有一座塔，为灭苯时期一位具法力的苯教法王所建。此塔是阻碍佛法弘扬的大障碍。为了消除此塔的危害，汤东杰布攀上塔顶，修习起降魔经来。

此时，有三个苯教徒走来，责问汤东杰布道："你从哪儿来的，谁叫你爬上去的？"汤东杰布没理睬他们，仍然全神贯注地念着"唵、嘛、呢、叭、咪、吽"六字真言。这下，惹得苯教徒们怒不可遏，他们骂道："在这座宝塔上，是决不允许你胡言乱语的！"骂着就把汤东杰布从塔上拽下来，痛打了一顿，直到三个人累得精疲力尽方止。汤东杰布见他们站在一旁气喘嘘嘘的，便说："这下你们该消气了

① 苯教：西藏地区的一种古老的原始宗教

吧?”那三人有气无力地还在说:“不许你胡说!”这时,又来了很多苯教徒。他们得知情况后,便暴怒起来,拾起石头抡起棒,往汤东杰布身上砸去。汤东杰布被乱石埋了起来。

第二天,苯教徒们发现汤东杰布没有死,反而比昨天更加威风凛凛,坐于那堆乱石之上。于是,他们像打疯狗一样地又把汤东杰布毒打了一顿。然后像捆要犯一样地把他捆绑起来,用弓箭乱射。可是那些箭总射不着他,都落到了地上。无奈,他们只好又找来些绳子,把汤东杰布绑得严严实实,扔到河里。他们见汤东杰布悠然浮在水面上,浪卷不去水冲不走,他们害怕了,说:“这家伙可能是个鬼。”说着都跑回去了。

汤东杰布从水里站起来,松掉那满身拴着的绳子,走到了岸上。经岩日郎珂、热吉、陈其瓦、米其乃朗等地,来到了白日乌齐地方。此时,汤东杰布已经76岁高龄了。

在白日乌齐和扎西孜修建铁索桥

白日乌齐地方是个交通要道,为了方便过往行人汤东杰布决定在此修建一座铁索桥。

经过一段时间的准备,架桥的铁索已经打好,其他各项准备工作也已就绪。于是,架设的工作开始了。可是,铁链拉断了一根,掉进河里挂到了河底一个石头上,人们使了很大的劲也拉不起来。此时,正是隆冬时节,河面结了冰,谁也不愿下河。汤东杰布没有强迫他们,自己跳进冰窟里,潜入河底,解开了挂在石头上的铁链。

终于,在此地建起了一座叫“强吉朗”的铁索桥。

之后汤东杰布又打算到扎西孜地方修建一座铁索桥,便任命拉吉桑布活佛为领班打前站。拉吉桑布带了一批僧人和工匠赶着骡子先到了扎西孜。开始了修建桥墩等一系列准备工作。

汤东杰布自己则离开白日乌齐取道提里勒、渡朵堆曲河,经蚌堆,乌攸空谷、色布笼等地前往扎西孜。

当他途经堆滚巴寺时，会见了该寺住持贡嘎桑布法王，法王告诉他：在离寺院不远的地方，有一棵光秃秃的树，树上住有一个障魔。这个障魔常伤害来往寺院的马匹、骡子、毛驴等牲口。有时还附到一些运气不佳的僧人身上，行凶作恶。这个障魔对寺院的兴旺发达，更是恨之入骨。请求汤东杰布降伏障魔，为寺除害。

汤东杰布答应了贡嘎桑布法王的请求，来到堆滚巴寺的拉章，向那棵光杆树射了一箭，那棵树流出了不少血。从此，住在树上的障魔，再也不敢于行凶作恶、危害寺院的事了。

当汤东杰布到达扎西孜地方时，拉吉桑布师徒们已经把桥墩建造好了。拉吉桑布说："众喇嘛和工匠们都很听指挥，所以我们按时按质按量地完成了您所交给我们的任务。现在就请您为他们的幸福祈祷一下，再给他们发些工钱吧。"汤东杰布回答道："有缘参加修建铁索桥的僧人和工匠等人，为众生行了大善业，将来一定都会升到极乐界的。但是，如果现在想要工钱或别的报酬的话，那我是拿不出一分一文来的。"

为了尽快架起铁桥，汤东杰布动员了伽布侗地方的人民前来投资出力。终于，在阳火龙年底，修起了扎西孜铁索桥。汤东杰布还委派了护桥人。

这年，汤东杰布的佛子尼玛桑布也在踏巴林一座自然形成的神奇的修洞里降生了。

汤东杰布历尽千辛万苦，在西藏各地波涛滚滚的江河上，前后共修建了58座铁索桥。给西藏众人献上了一份不可多得的厚礼。

有诗赞道：

“波涛滚滚的江河上，
块块石头堆砌的桥墩好比小山，
这座座“小山”比得上须弥山；
铁环环环相扣排成一条链，
整齐漂亮又壮观；
众人不分贵与贱，
来回过桥顺利又平安，
穷人更是感恩德；
慈善无比的汤东杰布啊，
为众人办了大好事。
过去那些修行者，
不乏身怀绝技者，
也都想为众生行善业，
可又有谁能比汤东杰布，
像乳母一般待众生的？
他们纷纷成佛而去，
难道是因有愧而躲避众生？”

饥馑之年不忘行善

阴火龙年,西藏因干旱发生了饥荒,人们面临着死亡的威协。为了拯救众生,汤东杰布决心周游各地,广求布施,集资制作金衣钵献给大昭寺的“觉”,以求得神助。

于是,他前往素称“宝库”的仁布等地求布施。当他到达木色那地方的一个大集市时,碰到了一位着装华贵的富家小姐。汤东杰布对她说:“为了消除饥馑,我到各地乞求布施,准备制作金衣钵敬献给‘觉’。你给我施舍点金质饰物行吗?”那小姐便把一个小金环送给了汤东杰布。汤东杰布又说:“看你身上饰有这么多金制品和松石,还能给我再布施一点吗?”小姐爽快地说:“你不辞辛劳到处求布施,真难得啊。我把所饰的金制品全部送与你,你就把它当成行业成就的吉兆吧。”汤东杰布非常高兴地说:“这太好了,是大吉兆啊。”

次日,汤东杰布到达参地方,此地有个叫坚赞白增的人,过去曾带头在迪冬桥上欺辱过汤东杰布,现在后悔不已。如今见汤东杰布来到此地,便布施了 300 块金币和别的礼物,还磕了无数的头,表示忏悔,乞求汤东杰布饶恕。汤东杰布对他说:“现在,你不必多虑了。尽管到晚年时,你的罪恶会得到报应,然而你如今有了改悔之意,最终会得到解脱的。”

另外18名尾随坚赞白增作恶的人,也给汤东杰布送了一个用4块金币打制的大耳环。

到达昂仁地方时,汤东杰布得到了上层人士玛嘎布朗杰查巴桑布施舍的许多上等松石和黄金等布施。

汤东杰布到娘堆协嘎江孜地方时,达斯度·索朗帕格给他送了几只银碗。

到达仁布地方时,朗索诺桑盛情地款待了他,还给他许多布施。

汤东杰布终于来到拉萨,他看到拉萨的灾情更严重,一块金币仅能兑换一克半青稞。汤东杰布见到这般景象,心急如焚。为了早日打制出金衣钵,及时解救众生。他来到了女施主格桑面前,拿出他从后藏带来的药材、铜、布匹等物,对格桑说:“请你给我兑换些粮食,兑率你说了算。”格桑提出了兑率,汤东杰布没有讨价还价,把那些东西全部兑换成了粮食。

汤东杰布把这些粮食运到街上,堆在身后和左右,前面放了一口大铜盆,吆喝道:“为消除灾害,解救饥饿痛苦的众生,我要筹集黄金做一个金质衣钵,献给‘觉’,请大家用金质制品来换粮食吧!”这时,投机的商人们有意抬高了黄金市价。汤东杰布无奈，对他们说："价格高就高些，我还是要兑换。"这样一来，汤东杰布很快就把那些粮食兑换成了大量的黄金，加上女施主格桑给他布施的10块金币，共有130两重。

汤东杰布找金匠制做金衣钵，金匠建议道："这么多的黄金，如果再掺点银子的话，可以打制出一个很大的衣钵来。"汤东杰布说："那不行，献佛的供品一定不能掺假，一定要诚心诚意。"130两黄金经过溶炼，折了3两。金匠很快就把那127两黄金打制了一个可容30斗青稞的衣钵。

汤东杰布叫弟子们捧着衣钵去求布施，因为是饥馑之年，好不容易才求得满满一钵。现在，就差一套祈祷时必穿的法衣了。于是，汤东杰布又向市民们求助。最后女施主格桑给他施舍了一套用藏红花染色的法衣。

汤东杰布穿上法衣，双手捧着金衣钵，来到大昭寺"觉"面前，祈祷道：

"为了无数众生的解脱，
请大恩德者您大发慈悲，
救救遭受着饥饿痛苦的众生。
望众生获得有求必应的惠戴，
望甘露般的雨水普降西藏，
望四大种恢复平衡谐调，
望今后岁岁风调雨顺粮食丰登，

望众生们都感受到您圣菩提心的恩惠。”

汤东杰布祈祷罢恭敬地把金衣钵献上,这时很多人亲眼看见观音佛在天上施降了青稞雨。

此时,萨迦的七千流浪艺人也到了拉萨,为了活命,他们把所有东西都很便宜地拍卖了。尽管如此,他们还是摆脱不了困境。汤东杰布知情后,把一羊皮袋糌粑捏成团子,带上些大蒜,来到他们面前,给他们每人送了一铁碗糌粑团子,一小块酥油和一点大蒜。汤东杰布见他们争先恐后地来争食,便安慰他们道:“你们放心,都会分到的。”果然,给他们每人分了一份后,还略有剩余。汤东杰布把剩余的部分全部放在街上,居然够在拉萨的饥饿者,以及饿狗饱吃了一顿。

由于汤东杰布的祈祷,“觉”施展了法力,终于使西藏摆脱了饥荒之苦。为了帮助流浪艺人重整班子,汤东杰布做了大量的工作。后来他们在拉萨给众人们讲述(实则演唱)了六字真言和“羌姆”“桑”“堆”等经典。

百折不挠再架铁索桥

汤东杰布为藏地求得风调雨顺之后，决定在堆龙地方的吉曲河(拉萨河)上修建一座铁索桥。于是，他又开始了云游四方，广求布施的集资活动。

他先后到了猛蚌、蚌塘迪和门渝骨如、洛扎卡曲、捏堆塔玛岗、聂寿斯期达、恰日布那寺和洛扎东区之后，经查央宗返回卫藏地区。

当汤东杰布回到曲日地方时，原来在此架桥时剩下的200驮铁链，被贡嘎地方的人用了112驮，打成了各种农具及刀子。但是汤东杰布没有向他们索还，也没有责怪他们。把剩余的88驮运到了吉曲河岸边的堆龙地方。

由于贡嘎人耗费了一部分架桥用的铁链，汤东杰布只好又派一部分弟子们去烧炭炼铁和乞求布施。一部分弟子留在身边采石修砌桥墩，加工铁链。

这里水流湍急，地质松软，给建桥带来了困难。桥墩砌了三次，被冲毁了三次。有的人开始动摇了，说："在这修桥是不可能的了。"尤其是洛杂瓦地方来的僧人和工匠们,更是灰心丧气。他们聚在一起商量道:“活佛(汤东杰布)就知道叫我们干这种没完没了的事情,又不给我们讲经解法,伙食又不好。此生如此,再世还不知又是什么样子呢,还不如去周游世界,倒还痛快些。”

有的说:“干脆另找一位活佛听经学法去算了。”

有的说:“还是到静地去禅修的好。”

有的则说:“干脆还俗归乡,孝敬父母、抚养亲人去算了。”

这些话很快便传到了汤东杰布的耳朵里。于是,他把所有的工匠和喇嘛们召集起来,给他们讲了苦与乐、得与失、因必果的关系及其意义。汤东杰布说服了众人,他们表示要把自己的心身全部交给汤东杰布,永远跟随他行大善业。

当即汤东杰布吩咐:雅隆人曲扎白桑到自己的家乡仁钦顶去书写《甘珠尔》,由后藏人却吉江村负责到恰聂地方找纸,其余的人全部留下来继续修建铁索桥。

此时,尼尤庄园的主人在吉曲河岸边制造牛皮船,遭到了卡那神的袭击,死伤了不少人。于是,他来向汤东杰布求援。汤东杰布便唤来卡那神,骂道:“你在吉曲河上行凶作恶,伤害生灵,将来一定要受到惩罚的。我现在想造两条船,你必须把你所居地的树木贡献出来。”话音一落,卡那神住地周围的树木就不砍自倒了。

汤东杰布派弟子们到上游把那些树木扔到河里,让其顺水漂流而下。汤东杰布在下游的铁索桥施工地派人打捞起来,让工匠加工成撑子,撑了两只大牛皮船。

船造好后,汤东杰布对弟子们说:“你们把船送一只到查拉冬渡口去,另一只就留在吉曲河上。”可是送往查拉冬的那只船在划经卡那神住地时,遇到一个旋涡,船儿直打转,无法前进。汤东杰布得知此事后,便写了一道指令给卡那神,命令它立即放行,并亲自拉船护送。卡那神不敢违令,亲自把船送到了查拉冬。从此,卡那神再也不敢为非作歹了。

经过艰苦卓绝的奋斗,终于在阳木鼠年初砌好了桥墩,打造好了全套铁链。弟子们问:“现在一切准备工作就绪了,可这么几个人怎么把铁桥架起来呢?”汤东杰布说:“你们去色、曲、贡嘎等地,动员众人来参加不就行了吗?”弟子们按师傅的指点,很快就动员来了好几百人。

尽管众人都很卖力,但因铁桥太沉重,拉绳又经常断,人们有的摔伤,整整用了3天时间也没架起来。弟子们发愁地对师傅说:“都3天了,还没架起,我们得另想办法才行。”汤东杰布回答道:“你们不用担心。今晚向各路神祇敬供些朵玛,再摆上宴席款待众人们,一直静坐到天明,会得到吉兆的。”

那天晚上,汤东杰布用朵玛供奉了本尊、空行、护囊神、八部等神鬼,还进行了祈祷。然后,与大家一起享受丰盛的宴席。一会儿,人们听到河边传来铁链碰撞声,非常害怕，连小便都不敢去解。那个晚上，稍获得一点成就的人，仿佛觉得汤东杰布既坐在众人面前，同时又在桥头指挥八部架桥。

第二天，也就是2月10号清晨，人们惊奇地发现，一座跨度很大的铁索桥架起来了。这座铁索桥从准备到竣工，整整用了六年零十天之久。

第二年元月，汤东杰布委派了护桥人。

用宝物做佛像

汤东杰布云游了乃林扎寺、热振寺、达龙、止贡、吉雄、彭波。一路行善，讲经，求得了大量黄金、松石、海螺、珍珠等宝贝及吃穿物品。回到拉萨后，他又上街求了布施，有人给他送了两颗优质松石。女施主格桑给他施舍了一只镶有优质松石的“扣乌”①

汤东杰布将所得布施装了满满一铜盆，捧着来到大昭寺“觉”面前，十分虔诚地道：“现在我求得这么多的宝贝，可还不知怎么处置，是用它来制作佛像吗？还是做成法器敬献与您，或者将它分给穷苦百姓，到底怎么办才对众生有利呢？乞求您指点。”“觉”显灵了，启口说：“还是塑造佛像好。”

于是，汤东杰布找到女施主格桑，请求她帮忙召集工匠，制作佛像。第二天一早，女施主格桑找来了各工种的能工巧匠 50 名。汤东杰布对他们说：“请你们来的目的是请你们把这些宝贝制作成各种佛像。”

---

① 扣乌：藏族人悬挂于颈上的装有护身符的盒子，多为银质。

工匠们一听，都感到蹊跷，互相商议之后便对汤东杰布说："我们从未听说在汉、藏地区有用松石等宝物来制作佛像的，更没见过，我们实在不会造。请你还是别用这些宝贝来吓唬我们了。"

按神的指点，第二天汤东杰布又把工匠们叫到面前，说："你们都是些能工巧匠，会制作各种各样的装饰品，因而制作佛像自然也不在话下。你们可以先用银子制作一尊前手臂高的金刚佛模型，然后再镶上松石，就行了。"工匠们在汤东杰布的指导下，很快就用银子制作了一尊金刚像模型。汤东杰布还亲自琢磨了两颗形似心脏的红白两色松石，作为示范。

终于，一尊前手臂高的银底松石金刚佛，首先制作好了。这尊佛像无比地奇妙，仿佛自然形成一般。紧接着，采用同样的方法，用松石制作了药佛、屯益珠巴佛、度母等佛像；用海螺制作了大小不等的七尊观音佛像；用珊瑚制作了那瓦塔叶佛和长寿佛像；用珊瑚、青金石、海螺、琥珀、松石等，制作了五位空行母形象；还用黄金铸造了一尊文殊佛像。所有佛像的胸腔内，都放入了百灵鸟蛋大的"觉"遗留下来的骨珠，作为佛像之主心。

当诸佛像座基造好之后，佛像的制作工作就算结束了。此时，天空下起了香喷喷的花雨，响起了动听的神乐，仙子仙女们舞姿翩翩地往人间撒着鲜花。在场的人们无不欢天喜地，大饱眼福、耳福。

经工布前往康区

汤东杰布到了工布曲嘎那地方,有一位施主给他送了一大块整的和三斗小的优质松石。很多人还给他送了铁。汤东杰布带上这些东西来到杂空地方,叫工匠们把铁加工成铁链。当地人得知要在此打铁,便主动请求道:"如果要在这儿打铁,那我们可以给你们烧木炭。你给我们管饭吃就行了。"汤东杰布答应了他们的请求。本地工匠们还带来许多东西,自愿参加打铁工作。

汤东杰布在此搭起了 8 个工棚。他经常到每个工棚看一看,还亲自参加打铁。

不久,他离开工地,来到了布加拉地方,并在这里修建了一座压邪降魔的肯布里孜巴塔。

之后,他又带了些弟子前往康区。走遍了六岗[①]各

① 六岗:两水之高地名"岗"六岗即:1. 玛朵岗:玛曲(黄河)与东扎曲河之间高地。包括青海省南部的果洛,黄河以南至四川甘孜州乾宁县以北地区。2. 色莫岗:金沙江和雅砻江偏北之间的高地,包括青海省的玉树、安多、四川甘孜州的石渠、邓柯等地区。3. 博波岗:雅砻江至金沙江偏南之间的高地,包括甘孜州德格白玉南部和云南西部一带的地区。4. 玛康岗:金沙江与澜沧江之间的高地。包括今昌都、察雅、宁静、贡觉等县的地区。5. 察瓦岗:澜沧江与怒江之间的高地,包括今昌都的八宿、左贡等县的地区。6. 木雅热岗:雅砻江中游以东的高地,包括今甘孜州乾宁、康宁等地区。

地，还在澜沧江、雅砻江、怒江上修建了许多座铁索桥。

汤东杰布在岭①地方时，对当地人说："拉隆、拜吉多吉曾经留在此地一块碧绿的护身松石，你们能否让我看一看，开开眼界呢？"他们说："这可是一块稀世之宝，不能随便拿出来。不过我们可以让你看一眼。"于是他们隔着窗户，让汤东杰布看了一下。汤东杰布说："你们将来会把它送到白日乌齐来交给我的。"

汤东杰布经木雅前往甘孜地方。在离甘孜不远的地方，他忽然翻身下骡，念了七遍《果那那经》，还禅定静坐了一会儿。弟子们见状，不解地问："您突然停下来，是怎么回事？"汤东杰布答道："因为刚才我二哥罗奔白翠在家乡仁钦顶去世了，所以我停下来去送了他一程。现在我们还是继续赶路吧。"

师徒一行到达达孜寺时，见有一家弟兄十个正要杀死一个人。汤东杰布义愤填膺。骂道："一个对一个，胜者是好汉。而十个杀一个，算啥东西呢？"那十兄弟不听劝说，反而骂道："你这藏地的避世者，连自己都找不到什么出路，还来管什么闲事，简直是神经病！"说着便抽出腰刀向汤东杰布刺来。汤东杰布施展法术，高坐于空中，做出"德卒"手式，直指着那十兄弟。

那十兄弟一刀刺去，打了个空，都傻了眼。他们抬头一看，见汤东杰布怒视着自己，这才明白汤东杰布法力无

① 岭：今四川省甘孜州德格县，相传为格萨尔王的故乡。

边,只得把人放了。

达孜多地方的人民很快就知道了汤东杰布舍己救人的事。他们跑到汤东杰布面前说:“我们这里是汉藏两地的交合处,是商品交换地,同时也是善人、恶人的集散地,因而这里是行善业的好地方。如今有您这样的大活佛的光临,真是我们的福气。”说着,向汤东杰布敬献了黄色龙缎、马匹、骡子等礼物。并乞求汤东杰布为他们消除地震之灾害。他说:“只要修建一座强久塔即可。”

汤东杰布选择了建塔的位置,并亲自指挥了修建工作。待修建工作有了眉目后,他让弟子们暂时留在此地继续参加修塔,自己往汉地去了。

前往内地

汤东杰布到达五台山，拜会了该地众修行者。有一位名叫白华哈玛的大修行者欣喜地道："依我之见，你乃藏地人氏。从藏地到此，山遥路远。需翻越崇山峻岭，涉大江小河。穿丛林草地，斗恶禽猛兽。如此凶险之路，你却能只身而行，来到此地。奇哉，奇哉！"白华哈玛接着问道："请问大名，出生藏地何方，敬仰哪位活佛，精通并修习过哪些经、法，历尽千辛万苦来到此地，有何贵干？"

汤东杰布答道：

"有缘的瑜伽啊，
你且听我慢慢道来：
因为你前世为众生造福的缘故，
得今生五官端正精明而入法门，
修习得道赢得法位禅居静地，
你艰苦奋斗之意志令我钦佩。
我出生藏地仁钦顶，
名叫汤东杰布，

我曾有过十几万次的转世，
为众生祈祷按佛法行业，
我敬为吾首片刻不离吾心的活佛有五百，
那无瑕的圣者之心我皆能领会，
我无有不知无所不晓，
我广泛聆听本尊之妙言，
修得尽善之气功，
炼得四大种之调合自如[1]，
再险恶的路我能刹时而过。
这一切我为的是普渡众生，
到达贵地为的自然也是众生之业。

尽管我对圣山殊胜地[2]一无所知，
但我还是想夸一夸：
此山净洁如同琉璃一般，
乃众阿罗汉之居处，
是勇士空行之集地；
有四条河在此交汇，
众雪山与之亲密相连，
连接最紧密的要数曲日雪山。
此山非常之别致殊胜，

---

① 四大种之调合自如：即不会生病。藏传佛教认为，人体如同自然界一样，源于土、水、火、风四大种元素，若人体四大种不调合，人就会生病乃至死亡。

② 圣山殊胜地：指五台山。

具智慧的修行得道者层出不穷如雨后春笋，
空行母们在此消灾灭难。
此山蕴藏着丰富的矿产，
山上有着一百种药材与药汁，
土、石种类无所不有。
凡有幸得见此山者，
无不为之心旷神怡。
沿此山而行，
可到与之相接的圣杂日山；
沿杂日山而行，
又可到达与之相连的工布下区的甲拉孜日山；
沿甲拉孜日山而行，
又可到达与之相接的常松森布日山；
沿常松森布日山而行，
又可到达与之相连的卫藏布日山，
山之左可达桑耶寺，
山之右可抵圣地拉萨；
沿山而返，
取道工布下区的孜独与辛吉同卡，
经岭地的色莫岗①，
再行即可返回这大名鼎鼎的五台山，
（我就是沿这条线路而来的）。”

---

① 色莫岗：六岗之一。

五台众修行者听罢，十分高兴，大修行者白华哈玛言道：“你历尽艰辛远道而至，十分难能可贵，就请留住此地，我们会厚待你的。”汤东杰布辞道：“为了普渡众生大业，我不能长住一地，我得云游各方。”

大修行者白华哈玛见汤东杰布不肯留下，便说：“那就请你暂住些日子，给我们讲一讲经，可否?”汤东杰布答应了他们的请求。

于是，众修行者们摆了座次，给汤东杰布行了布施。汤东杰布在此呆了8个月，讲解了若干经、法。

离开五台山，汤东杰布来到皇宫门口，坐在一棵大树下的石板上。这时皇帝带着文武百官们从皇宫出来了，百姓们赶忙向皇帝磕头祈福。有一位法官见汤东杰布仍然坐在石板上一动不动，便走过来斥责道：“站起来，向皇帝磕头祈福!”汤东杰布看了皇帝一眼，说道：“因为你前世行了些布施，所以才在今世做了皇帝。但由于你没按教法治国，因而你将来难免要进地狱，你所拥有的财富，将变成下辈子的宿债。尽管这座宫殿富丽堂皇，但你终究要离开它独自而去。我还是劝你不要仗势而傲慢。你没有理由叫我给你磕头，因为我也是个国王。”

一个文臣问道：“你孤单单一个人，怎么会是国王呢?”汤东杰布答道：“我乃教法国王，四大业即是我的国土。所行大业就是我的大臣，他们齐心合力扶持我。教言即是我的兵,他们以慈悲和怜悯做武器,把众生从痛苦中解脱出来。我不是国王又是什么?”

皇帝和随行官员们听罢,什么也没有说就走了。汤东杰布暗想:虽然皇帝和大臣们今天这样对待我,但等他们得知我就是汤东杰布的时候,一定会厚待我,并给我布施的。因为我曾祈祷的缘故,因而早晚都是一样的。

汤东杰布走到大东宫殿,给几十万人讲了参吉佛的有关教言。众人们给他送了大量的礼物,还盛情地款待他。

在藏东行善

汤东杰布离开内地，返回达孜多地方时，这里的强久塔已经建成了。他给塔加持后，终于消除了此地频繁的地震灾害。达孜多的人民非常感激他，给他送了大量的黄金、银子和布匹等礼物。有一个木雅人还给他送了一匹良马和一副鞍子。汤东杰布都如数收下了，并指着那匹马说："如果今后你们见到谁骑着这匹马来，一定要好生接待，就像对待我一样。"

汤东杰布和弟子们离开此地的时候。达孜多的很多人自愿牵来马匹、骡子、犏牛、牦牛等驮畜，帮忙驮运东西相送。

汤东杰布师徒和驮队一行到达木雅地方时，木雅人正在举行隆重的娱乐活动，摆有许多酒和食品，还有人在表演箭术。他们一眼就认出了汤东杰布，便高声喊道："汤东杰布大活佛来了。"在他们的恳求下，汤东杰布给他们讲了经。他们盛情地款待了汤东杰布，有人还送他一把漂亮的刀子，还有人送他各种各样的礼物。分别时，他们又给汤东杰布送了大量的马、骡子、犏牛、茶叶、布匹和金银等东西。

汤东杰布一行又来到阿达雄地方，受到了当地人的厚待。汤东杰布给他们也讲了观音佛的《热得经》。前来听经的还有三个哑巴兄弟，汤东杰布非常可怜他们，他对哑巴兄弟的父母说："听完经后，把你的三个儿子领到我面前来。"

哑巴三兄弟由父母带来了，汤东杰布用法术驱除了隐藏在哑巴兄弟喉咙里的障魔，终于使哑巴三兄弟开口说话了。

这时候，木雅一个很大的村镇发生了斗殴事件。他们互相残杀，死伤了不少人。汤东杰布得知此事后，便来到那个村镇，对他们说："你们老这样打架斗殴，互相残杀，不仅害了自己，也影响了别人幸福。这种恶习不能再持续下去了。为了今后的安乐与幸福，你们赶快把所有的刀子交出来。"可是他们谁也不愿交。汤东杰布便向一个长得比较凶的人说道："把你家里的那把刀子交出来怎么样？"那人恐惧地说："不行，那把刀子一动便会惊动恶鬼的。"汤东杰布说："这我知道，可你别忘了，那把刀子在一天之内竟杀死了十八个人，因此不能让它再继续行凶了。你赶快去拿来，我要把它就地销毁掉。"

那人回去把刀子取来了，汤东杰布给那把刀子撒了经过加持的青稞粒，然后接过刀来，说道："这就好了，从今以后，这里再也不会发生打架斗殴、自相残杀的事件了。”接着，汤东杰布超度了死于此刀下的亡灵，还烧死了附在刀子上的障魔。

平息斗殴事件之后，达孜多的乌拉们都返回去了。汤东杰布师徒一行，赶上驮队，往羌觉地方进发。当他们来到一片荒凉僻野的草地时，弟子们畏惧了，说：“看来在这里是找不到乌拉了，可这么多东西怎么办呢？”汤东杰布说：“肯定能找到的，大家就分头找去吧。”

弟子发现远处有一片黑糊糊的东西在蠕动，以为是牧民在赶牲口。他们飞快地跑过去，定神一看，被吓坏了：原来是一群马熊在刨人生果吃。他们撒腿就往回跑。汤东杰布见他们那副狼狈样，便问：“你们见到什么了？”弟子们说：“我们看见一片黑影，误认为是牛羊群，可跑到近处一看，都是些马熊。我们赶快离开这儿吧，再不离开非得让马熊吃了不可。”有的弟子插嘴说：“干脆把东西扔掉逃命吧。”汤东杰布若无其事地说：“既然如此，那你们先走吧，能赶几匹牲口就赶几匹走。剩下的等我找到乌拉后，随后运来。”弟子们劝道：“东西算什么，只要留得人在，一切都还会有的，你还是跟我们一起走吧！”汤东杰布又道：“你们只管放心走，马熊是不会伤害我的。五天之后，我一定能赶着驮队追上你们的。”弟子们没有再说什么，赶上几匹牲口先走了。

弟子们走后，一群马熊便来到汤东杰布面前，给他献了许多食品，还围绕他转了经。汤东杰布把弟子们没带走的东西让马熊驮上，赶着驮队，抄近道到了弟子们前面。

几天以后，弟子们赶上来了，他们惊奇地发现师傅早已把东西如数运到等着他们了，便问："师傅，您怎么跑到我们前面来了，这么多东西是怎么运来的？"汤东杰布说："我昨天就到了，东西是马熊帮我驮来的。"弟子们惊叹不已。

他们很快便到达得隆玛堂地方。这里有一座叫康日乌齐的寺院，寺里住有好几千名僧人。汤东杰布骑马转了寺院三圈后，便进寺内去朝佛。该寺僧人见他骑马而入，非常气愤，说："不准骑马进寺"，随后就用石头砸过来，石头像雨点一样密集地朝汤东杰布飞来。僧人们万万没想到，那些石头一点也没伤着汤东杰布及那匹马。于是，他们对汤东杰布无比崇敬，把他请入寺内，引到前活佛的宝座上入坐。

汤东杰布在康日乌齐住了 7 天，给僧人们讲了很多经。众僧人们给他送了 60 块砖茶、40 匹骡和马、10 头犏牛和牦牛，以及许多宝物。凡是愿意跟随他走的僧人，汤东杰布也都收作了弟子。

这时，有位出生于康区的叫德里郡的格西来到汤东杰布面前，双手合十，恭敬地道："大名鼎鼎的活佛啦，我曾遇到过许多活佛，但没有一个能令我像崇拜您这样敬仰过的，恳求您给我传授深奥的密法。”

汤东杰布在他的一再恳求下，给他讲授了修行得道的秘诀。格西德里耶十分感激，再次献了礼物。

汤东杰布一行来到昔日开辟的圣地——东工布杂空地方时，原来留在这里的僧人们已准备好了300驮铁条，每驮15根。还建造了大强久塔，汤东杰布给塔加了持。尔后还在墨莫冈修建了寺庙，并任命活佛日松贡布为杂空圣地的法王。

汤东杰布用犏牛驮上那300驮铁条，叫僧人弟子们赶着先行一步。自己来到了喔如那布哲地方，亲自选定了塔址，并指挥了众人修建了一座寺庙。寺庙修好后，便任命活佛朵丹尼布为该寺住持。

汤东杰布到达塔布地方时，追上了先行的驮队。这里有一条大江，惊涛骇浪，非常可怕。驮牛不愿再往前走一步，弟子们束手无策，望江兴叹。汤东杰布对僧人们说：“别害怕，先把牛马赶下水去，一定能渡过去的。”可是，不管僧人弟子们怎么抽打，牛马就是不下水。汤东杰布便动员所有的弟子一起来赶，才把牲口赶了下去。结果，他们顺利地渡过了江。

师徒一行赶着驮牛，很快来到乃东桑姆地方。在索和空布山前搭起帐篷，驻扎下来。这时，乃东和孜东地方的人纷纷涌来凑热闹。汤东杰布在这里呆了七天，给众人们讲解了所需的经典和教法。

汤东杰布打算在娘固渡口建造一座铁索桥，便去找乃东王查巴却尼求助，可是乃东王没有答应，只好作罢。

乃东王给汤东杰布送了一匹怀有驹子的母马。汤东杰布问这匹马的年龄和行走情况，乃东王无言可答。只好换了一批配有全套鞍子的马，汤东杰布一看，还是一匹母马。他骑上去，想试一试马力如何，可是才跑到乃东桥头，那马就死了。他派人去又换了一匹来，才跑到恰萨地方，那马又倒下了。再换来一匹，跑到阿木喜地方又死了。汤东杰布叹道："这多不吉利呀！"

到后藏行善业

汤东杰布经桑耶其布山回到拉萨之后,白天禅坐于大昭寺“觉”面前,夜晚禅息于药王山上。还派了僧人弟子们前往止贡却岗渡口和旭囊两地去修建铁索桥。

此时,汤东杰布感知到女施主格桑患了重病,将离开人世。他马上朝她家赶去,路上遇到了前往寺庙送神纸的人,便问道:“她还没有去世吧?”那人答:“还没有。”汤东杰布很快来到女施主格桑跟前,见她丈夫和儿子正在哭泣。汤东杰布在她耳边轻轻地敲了三下小碰铃,她一听便坐了起来,对儿子说:“儿呀,活佛来了,你去取些布施来。”她接着又对汤东杰布说:“知三时的活佛啦,您今天能到我这儿来,我非常感激。过去,我带着儿子们过日子,觉得已经心满意足了,哪里还会想到法呢?自从见到了您,我才懂得了法,并开始行善修法,因而才获得了如今临死不惧的勇气,您对我真是恩重如山啊。我很快就要离开人世,希望您为我祈祷一下,使我能升到莲花界去。”

汤东杰布祈祷道:

“与信仰有缘的施主格桑啦,

望你灵魂离体后，
即刻升至莲花界，
加入智慧空行母之列，
跟随大圣莲花佛，
修行深奥之妙法，
取得圆满之妙果。”

汤东杰布的祈祷异常灵验，在场的人们亲眼看到空行母前来迎接女施主格桑，飞到了莲花界。

汤东杰布给女施主格桑的丈夫讲了对他现在和将来有益的预言，并强调说：“为了你们一家的平安与幸福，一定要行善办后事。”他说：“没有必要为她行善什么后事，我一切只听从我哥的吩咐。”他哥哥说：“还是自己拿主意吧”汤东杰布见他这种态度，非常失望。

不久，汤东杰布把蔡巴地方的许多人召集起来，问：“你们愿意为我舍身行善吗?”“蔡巴的头人囊吉桑巴说：“需要我们干什么，你只管吩咐就是了。”汤东杰布说：“那好，我想让你们带上一座观音佛像，骑上我从康区得到的那匹良马，到康区的三岗去求布施。你们当中有领导才能的就当领班，别的就作为随从，一定要齐心合力。”这时，有几个巴冲地方来的商人，给汤东杰布送了四张完整无缺的熊皮。汤东杰布把熊皮和一些羊肉又送给了囊吉桑巴等人，就让他们出发了。

汤东杰布在药王山上，用松石塑造了一尊代表自已的佛像,取名“屯益竹巴”。还找了许多尼姑侍候它,并制定了逢供日就诵经供奉等规矩。

尔后,汤东杰布来到白却日山,把这里的弟子们编成五个队,让他们分别到各地去求布施。他给每个队一道令旨,一根铁条,一尊本尊佛像和一位护法神所依。很快,各队就出发了。

汤东杰布任命噶举坚赞为领班,在白却日山上用宝物塑造了玛朱则佛像和镶有宝石的未来佛像。在周围10庹长的佛堂里,用海螺塑造了一尊10庹高的土吉钦波佛像;用金、银分别塑造了手臂高的金质文殊佛像和银持金刚佛像;用松石、青金石、琥珀、海螺等塑造了药佛和五部空行像。还书写了《丹珠尔》金卷。还在查日卡山、加巴林献钦和康却通卡等地,修建了火炙塔和寺庙。

汤东杰布对噶举坚赞的工作十分满意,便把众人召集起来,宣布:“今后,卫藏地方的铁索桥和船只以及从属我的僧人、寺庙和土地,统统委托噶举坚赞来掌管,大家都得听他的。铁索桥和船只我已指派当地人维护,如果他们不背誓的话,决不能违抗噶举坚赞的指挥。”

汤东杰布来到羊卓雍错湖边,见渔民们打了许多鱼,正在掏着鱼内脏。他便把渔夫们召集起来,说道:

“以捕鱼而造孽的渔夫们听我说,
世间十不善之罪恶,
罪大恶极就数杀生害命,
杀生好比睁着双眼跳悬崖,

最终必把自己害，
只有弃恶从善早悔悟，
拯救自己还来得及。”

接着，他还给渔夫们讲了因果轮回的关系和弃恶从善的意义。渔夫们听罢，向汤东杰布磕头致谢，发誓再不干这种罪恶的行当。当即就有七人愿意跟随汤东杰布行业，被汤东杰布收为弟子带走了。

师徒一行经尼木来到仁布雅迪地方，给这里的100多人讲解了守饥行戒律。众人听毕，给汤东杰布恭敬地磕了头。这时，有三个僧人很不自在，议论道：“俗人们就是目光短浅，这个避世者到处招摇撞骗，根本不懂什么教法，给他磕什么头呢！”“我看不能这么说，我曾听说这个避世者名扬汉、藏各地，如果他真不懂教法，可能吗？”“我们不妨试他一试。”

于是，有一位年长一点的僧人走到汤东杰布面前说：“你给我们用诗词讲一段经典行吗？”汤东杰布答应了他们的要求，用诗词把自己信仰的教义吟咏了一遍。那三人听罢，对汤东杰布崇拜得五体投地。

汤东杰布来到白朗地方，把随行安顿好，便骑马去朝拜佳科德庆寺。他刚一进寺门，僧人们便骂道：“不准骑马进去！”骂着便捡石头砸来，可一下也没打着他。他来到经堂前下了马，先朝拜了扎西果玛塔。然后朝经堂走去，可是僧人们不但不让他进去，反而把他赶出了大门。

该寺住持日布登知情后,便走出寺门来请汤东杰布入寺叙谈。汤东杰布说:“我已发誓再不跨这寺院的门槛。”住持不由分说,令僧人们强行把他抬了进去。款待一番之后,住持给他赠送礼品,并请求他来掌管该寺院。汤东杰布推辞道:“我的寺庙、经堂和塔都已经修建好了,我还想再扩建几处。因而我决不在这儿当住持。”

汤东杰布一行离开白朗,经乃塘、孜庆寺、曲米、迥却嘎、达那乌坚,到达达那地方。在这里,他遇到一位18岁的穿着平常的姑娘。那姑娘对他说:

“具佛体的大修行者啦,
我虔诚地向您祈祷,
我想修行入佛门,
请您救救流浪世间的我,
快快给我剃度吧!
尽管我无厚礼作布施,
然而我有一颗皈依佛门之诚心。”

说着,就把自己头上戴着的松石、珊瑚、珍珠、琥珀等饰物摘下来,送给了汤东杰布。汤东杰布知道这姑娘皈依之心并不诚,便对她说:

“聪明伶俐的姑娘呀,
你有皈依佛法之愿很难得。

你皈依之举是否因与父母生了气?
我招收弟子从未计较礼品丰厚与微薄,
心诚者我一视同仁皆收留。
你刚才的言行未免有些庸俗,
可见你皈依之念乃一时冲动,
必然稍纵即逝见异思迁。
从你送我头饰的举止也可看出,
送我头饰你并非心甘情愿,
心不虔诚日后势必反复无常;
即使剃度发誓入了佛门,
而无恒心与意志,
那就遵守不住法规教律;
尽管表面上抛弃了人情世故,
然而做不到始终如一哪还谈得上
八风不动、八法一味?
贪图之念势必死火复燃。
本来妇人之躯就存在九种痼疾,
它们是阻碍妇人皈依佛法的障碍,
妇人要独立生活,
就如同要抱起大山一样艰难;
像你这样的妇人要始终如一坚信佛法,
那好比毛驴赶马、狗身上炼骨珠那样,
不堪设想更别说可能了;
请你仔细想一想吧!

然而妇人中若有能独立生活者，
那就如同天龙下地界一样，
实属罕见那该稀奇又美妙；
假若你是真心实意入法门的话，
那就禅居僻静的深山中，
与众神、罗刹等八部为伴，
专心致志地修习，
必将领悟教义修得正果；
敬本尊佛应像敬脑袋时刻不离不忘，
必然获得教法甘露的加持；
若果你能始终如一信仰并修习的话，
那你的意念将与教法融为一体，
再舍身舍心不惜一切地去修习。
那就能认识和把握一切幻觉，
若能达到幻觉可以言传的境界，
那么佛身就会如同太阳自然而然升起来。"

那姑娘听罢，十分感激，并发誓要痛改前非，按汤东杰布的教诲与指点行业，走上了静道。终于，她成了一位有觉悟的修行者。

汤东杰布一行继续前行，经腾丁地方，来到杰普冬地方。这时，僧人弟子们也从扎西孜和白朗等地赶着驮队来到了此地。

汤东杰布给杰普冬的众人讲解了有关因果报应的教

言之后，对他们说："为了众生的幸福安乐，我想在此地修建一座麦杂塔，存放《甘珠尔》经书。我给你们提供纸张，书写两套《甘珠尔》。其它费用由你们负责，你们愿意吗？"众人表示支持，当即就有不少人表示愿意当施主或抄写人。很快，两套《甘珠尔》经书就抄写好了。麦杂塔也建成了。汤东杰布给经书加持后，藏入了麦杂塔内。

汤东杰布还告诫杰普冬地方的人们，要像崇拜自己一样对待本地的铁索桥、麦杂塔和《甘珠尔》，经常维修铁索桥和麦杂塔。只有这样，才能保证众生们安居乐业，幸福美满。

师徒一行，赶着驮队来到叶如地方。这时雅鲁藏布江面结了冰，宛若一条白氆氇。汤东杰布站在冰上测试了一下，觉得可以在此处修建一座铁索桥。于是，他把施主曲宗巴和拉孜人找来，对他们说："我准备在这里修建一座铁索桥，希望你们出些人力，并负责后勤供应。"他们非常乐意相助，很快就送来了大量的吃食、用物。拉孜的施主旺扎，一次就送来了100克青稞和许多朵玛供品。

藏历阴火兔年元月初一，即汤东杰布87岁诞辰前夕，开工修建铁索桥。工程进展十分顺利，到3月份即告完工。铁索桥建成后，汤东杰布选择了地址，准备修建一座麦杂塔。他把修建任务交给了东文吐的少爷去完成。因为这座塔是保佑该地方幸福安宁的依靠，所以他们干活非常卖力，很快就把塔修好了。

汤东杰布经里卡瓦、拉东到达昂仁地方，拜会了大氏族酋长朗杰查桑。汤东杰布求道:“请您给南方和北方,以及阿里等地方,下一道指令,就说凡汤东杰布派去的弟子们,无论带什么东西到什么地方,都要放行并提供方便。他没有推诿,马上就按汤东杰布说的发了一道指令。

修建麦杂塔

汤东杰布还没离开昂仁地方的时候，听说玛益、可克、叶如强巴等地的金矿主，在强卓西部地方与蒙古兵发生了纠纷。有的人还说就要与蒙古人打仗了。人们惊恐万分。

这时，汤东杰布想起了知三时莲花佛的预言。他清楚地记得莲花佛曾告诉过他，为了藏蒙人民的安乐、幸福与和睦，你必须在土龙年夏季的头一个月，到藏蒙交界地方，把我过去修建的一座麦杂塔修复一新。

于是，汤东杰布在昂仁蚌塘寺的法座上，修习了8个月，有一天晚上，他给八部大摆了供品。第二天，来了不少善男信女，也给八部献上了许多供品。汤东杰布问："你们当中有谁敢为善业舍命？""如果所行善对众生有益的话，我就敢。"说话的不是别人，正是空行母的转世吉苏普家的主妇，名叫桑吉桑姆。汤东杰布心想，这真是个吉兆，可我还得试她一试。于是，他对桑吉桑姆说："倘若你真敢舍身，那就往前面的湖里跳下去吧。"

桑吉桑姆二话没说，毅然朝湖边走去。汤东杰布见状,知道她是个言必行,行必果的人,便把她叫了回来。斟了满满一人头骨的酒递给她,说:“我不是叫你去送死,我想让你去做一件事。昔日,莲花佛曾在藏蒙交界处修建了一座麦杂塔,现在请你去修复一下。记住你必须在土龙年夏季的第一个月10号以前,结束修复工作。”桑吉桑姆忧虑地说:“可我不识路,路程远且不说,我一个人能修复得了吗?”汤东杰布说:“这是一次行业的好机会,你要争取把修复工作做好,使自己成为得道者。修复工作主要靠你自己去做,但请你放心,不仅会有人为你带路,还会有一个有缘的人与你结伴同行的。”

那天晚上,桑吉桑姆回到家中,把白天遇到的事情和自己的决心告诉了亲友们。他们都表示反对,纷纷劝阻她。但她始终没有改变自己的决定。第二天一早,她辞别了家人和亲友,来到汤东杰布面前。汤东杰布递给她一个小纸包,说:“这是护身符,你把它挂在脖子上。但千万才能打开,否则你要送命的。”正在这时,来了一个叫堆桑珠的牧民,给汤东杰布送来一幅绘有莲花佛像的新唐卡。汤东杰布非常高兴,说:“真是吉兆呀!”说着便把自己的头发剪下一小束,连同那幅新唐卡,交给了桑吉桑姆,说:“把这些吉祥物装藏在麦杂塔内,当作塔的内腹精华。”接着又把一匹两边带穗子的白布交给她,作为塔的经幡。汤东杰布说:“等塔修复一新后,我将亲自来加持。”

太阳刚刚出山的时候,来了一个手持弓箭,牵着猎狗的牧民。汤东杰布对他说:“你来得正好,你就陪伴桑吉桑姆一起去修复麦杂塔吧。你的这条猎狗会为你们带路的,你们跟着他走就行了。你们能带多少糌粑就带多少,让狗也驮一点。但你们一定不能断了顿,弓箭要随身携带,设法吃饱,否则狗要伤害生灵的。你们要记住,你们会遇到一段三天三夜见不到一滴水的路程,要事先准备足够的饮水,否则你们会被渴死的。”

他俩跟着猎狗走了7个月,来到了一片茫茫然辨不清方向的荒野地,风吹草动发出恐怖凄凉的声响。此景此声,令人生畏。这时,他们想起了汤东杰布的预言,拿出牛、羊肚子装满水。走了三天三夜,终于来到坐落在荒原西南方向一座叫做昂那的岩石山前。那山顶白雪皑皑,山腰森林密布。中午时分,猎狗坐下来不走了。那牧人灰心丧气地说:“唉,汤东杰布呀汤东杰布,你叫我们来行什么业呀,如今让我们来到这无边无际的荒原上,粮食也吃完了,恐怕还没等我们找到麦杂塔,就要被饿死在这里了。”接着他又对桑吉桑姆说:“事到如今,恐怕我们只有设法保命了。可是,要把狗杀了吃了,那我们再也抓不到猎物,我们俩也得饿死在路上。如果把我杀了吃了,那留下狗和你这位弱女子,你们迟早还得饿死。倒不如我把你杀了吃了,然后我和狗一面打猎填肚子一面往回走,那样恐怕要好得多。”

这时,桑吉桑姆想:事情的确像牧民说的那样,与其一起饿死,不如只死我一个,救出他和狗。出发时汤东杰布不是给我一个护身符吗？我这就打开，免得再让那个牧人动手了。

她打开护身符一看，原来上面绘有麦杂塔的座向和寻找路线。她仔细看了一下，发现塔就在离他们不远的地方。于是对牧人说："我同意你的意见，可今天先别杀我。你带着狗去找点猎物来，我去找些水，晚上再在这儿会合。若今天一无所获，那你们就把我杀了吃。"牧人没再说什么，带着猎狗打猎去了。

桑吉桑姆带上护身符，沿上面标着的路线找去，终于在东面一座山前的河岸边，找到了那座已被损坏了的麦杂塔。她在塔前磕了头，绕塔转了经。接着，她找来石头，取来水，重新砌筑了塔基。天快黑的时候，她带了些水返回宿营地。

这时，那个牧人也带了些猎物归来了。他对桑吉桑姆说："现在虽然有了食物，可塔恐怕是找不到了，我们还是一起返回去吧。"她假装什么也不知道的样子说："很可能塔就在这附近，因为前面这座山就是藏蒙交界山。这样吧，明天你们还是去找点吃的，我去找找塔。"

第二天，牧人还是带着猎狗打猎去了，桑吉桑姆径直来到塔前。她惊奇地发现：昨天没砌完的塔基已经全部砌筑好了。于是她开始修建塔身。忽然飞来一根木头插入塔中，正好做塔的中心木。这根木头异常的香，还长有几片树叶。她惊异地环视了四方，可见不到一个人影，这使她惊叹不已。她取出汤东杰布加持过的那幅唐卡和头发，栓在中心木上，继续修建塔身。经过一天的努力，塔身基本上建成了。

她回到宿营地时，牧人早已带着所获猎物和猎狗回来了。牧人问道："找到塔了没有，实在找不到就返回去吧。"她答道："我们走了那么长的路程，历尽千辛万苦，就这样返回去，实在不值得。再说任务还没完成，回去还有什么脸面呢？俗话说'办大事需要耐心'，今晚你们好好休息，我再去找一找，如果还找不到，明天我们就返回去。"

那天晚上，桑吉桑姆又来到了塔前，终于把塔修好了。这时，她意外地发现离她不远的地方有一个坑，坑内有许多发好了的石灰浆。于是，她用这些石灰把塔粉刷一新，然后返回了驻地。牧人问道："你找到塔了没有？"她说："找到了。明天我们就去接受它的加持吧。"牧人并不以为然，还以为桑吉桑姆是在开玩笑。

第二天，他们准备去朝拜麦杂塔的时候，发现狗失踪了。牧人着急地说："我得先把狗找回来。"桑吉桑姆说："它不会跑远，等会儿会回来的。"这天正是土龙年夏季头一个月的初十，太阳刚刚升起来的时候，他俩来到了塔前，只见那条猎狗早已在此等着他们了。

他俩在塔顶上插了经幡，把仅有的一些食品供上，开始专心致志地祈祷。此时，一只鹰飞落在塔的中心木上。顿时天空降下了花雨，响起了神乐，神香扑鼻。他俩赶忙把汤东杰布给他们带去的青稞撒到了塔上，接着又祈祷了一番。

桑吉桑姆心里感到无比的高兴,就如同自己已修得了妙果一般。这天晚上,他们就宿营于麦杂塔旁。桑吉桑姆做了个梦,梦见汤东杰布亲自来给麦杂塔加了持。并对她说:"如果再能抛弃私心的话,下辈子肯定能转世到莲花界,成为一名空行母。"

返回时,尽管他们没有带什么食品,但由于他们的心情十分舒畅,所以不知不觉返回了汤东杰布所居地白日乌齐。见到汤东杰布的时候,是藏历马年元月。他俩正想把这次去修建麦杂塔的经过向他述说的时候,汤东杰布说:"你们不用重复,我全都知道了。"

兴建白日乌齐圣地

汤东杰布决定在白日乌齐山上修建寺院和吉祥多门塔，为众生造福。他先到昂仁其布地方，找迪色（北方王）父子说："在仁钦顶，有我父母遗留下来的两座庄园，请你们不要去支派这两个庄园的乌拉差役，行不行？如果行的话，我就可以安心到白日乌齐行大善业了。"迪色父子回答道："完全可以。如果你要在白日乌齐行大善业，我们一定支持你。"汤东杰布又问："那你们可否给我派些工匠和乌拉呢？"他们满口答应了。但由于一时还来不及召集乌拉、工匠，他们父子俩便先施舍了一笔费用款。

汤东杰布于藏历阴土龙年，来到白日乌齐，开始修建吉祥多门塔。北方王派来了大批乌拉差役。很快，平地基、打石头等一系列准备工作结束了。修砌塔基的工作也随即开始了，可是塔基砌了三次塌了三次。后来重新修砌了一座更大的塔基，不料从白缝里不时冒出青稞粒来。众人见状，都心灰意冷，不想干了。汤东杰布便对他们说：

"人生聚德能长寿，

村舍破旧要维修。
为法为众行善业，
舍弃此生求来世。
若在我有生之年不建成此塔，
四大种将混乱不堪，
使得雪域横遭狂风席卷，
或干旱炎热如火，
或洪涝暴雨成灾，
或各地纷争械斗，
或病疫传染尸骨遍野。
为了消灾灭难，
平衡四大种，
必须修建吉祥多门塔。
参加此塔修建者，
无论有意无意有缘无缘，
只因为众生行了善业，
死后必然升至大乐界。”

众人听罢，皆有所悟。坚定了信心，安心留下建塔。

汤东杰布白天亲自参加修塔劳动，夜晚禅居修行洞里。有几个执迷不悟，好吃懒做的人，非常痛恨汤东杰布。他们打算把汤东杰布扔到悬崖下摔死。一天，他们带着凶器来到汤东杰布面前。“你们来干啥，快打石头去吧……”没等汤东杰布说完，他们就用矛狠狠刺过去。汤东杰布顺势夺过矛来，毫不费力地一支支在膝盖上折断，嘴里说着：“几根矛就想害死人，那得死多少人啊！”

一天在采石场上有一位身着白衣的僧人工匠，抱起一个大石头往一块岩石上砸去，不料正好打在汤东杰布身上。“啊呀，不好了，我把大活佛打死了。”白衣僧人见状惊叫起来。可是汤东杰布没有被砸伤，他若无其事地安慰白衣僧人道：“没关系，没什么的。”

有一次，采石场发生了事故。三天没打下一块石头，可建塔的工匠急等着石头用。于是，汤东杰布拿了一根一庹长的铁钎，打进石缝里，用力一撬，岩石一下塌下来压在他身上，整整压了三天。那些好吃懒做的人们以为汤东杰布被压死了，便幸灾乐祸地嚷道：“这下可好，大修行者一死，我们就不用再干活了。”弟子们听说后，停止了修塔工作，跑到现场，一面祈祷一面翻石头，寻找汤东杰布的尸体。

弟子们把乱石搬开后发现，汤东杰布安坐在石坑里的一块大石头上，比过去显得更加威风凛凛。他对弟子们说：“这是障魔们制造的一场大事故，我们决不能向它们低头，使它们的阴谋得逞。如果我们害怕它们而退缩，那它们就会得寸进尺，为所欲为。如果我们无所畏惧，勇于斗争，那我汤东杰布就能战胜它们。我汤东杰布的胜利，就是众生的胜利！把这次事故作为今后大行善业的一个新的起点吧。这塌下的岩石，正好作为建塔的石料，工匠们再也不愁没有石料用了，尽管我从此再也不能去周游世界了，然而我还要派遣弟子们，继承我的大业，继续周游行业，去解救更多的众生！”

尔后，汤东杰布在白日乌齐一座像幢幡一样的增林坚山洞里，修习了21天的《长寿经》。在此期间，长寿佛及佛子亲自来看望了他，并给他送了五颗长寿丸。长寿佛对他说：“具大智慧的人啊，为了你及众生的长寿和福气，我们特意给你送来五颗长寿丸，请你收下。”

汤东杰布本打算广修道路，但因连年战乱，无法找到更多的乌拉差役，因而力不从心，没能行此大业，只好在白日乌齐及附近先修筑一段。

没想到筑路人与昂仁却迪寺的僧人们发生了纠纷。几千名僧人包围了白日乌齐，在白日乌齐的40余名僧人弟子跃跃欲试，跑到汤东杰布面前请战。他们说：“我们把他们打回去吧！否则，他们会来加害您，还要把您的东西全部抢走的。”汤东杰布心平气和地说：“不能这么蛮干，越是在这种时候越要有涵养，我们都是为法而行业，如果我们和他们厮打起来，肯定会有伤亡，那行业还有什么意义呢？若真是那样的话，那我们今生和来世就再也见不到面了。”大伙听罢，都克制住了。

可是，那些僧人们气势汹汹，想拆毁吉祥多门塔和河上的铁索桥。汤东杰布忍无可忍，马上幻变出不计其数的大汉，手持武器，威风凛凛，站满了白日乌齐，汤东杰布则坐于正中，俨然总指挥一般。

却迪寺的僧人们见状,纷纷说:“汤东杰布有这么大的势力,我们怎么抵挡得了呢,我们撤吧!”他们不战自散,撤了回去。

修建塔身的进度越来越快。白天人修,晚上四大金刚来修。泥沙石料越来越少,塔身越来越高。

塔快建好的时候,汤东杰布派噶举巴·朗卡勒桑负责取来了白粘土。此时,从南方、阿里和北方等三地区招来了118位书画匠。正巧乃木地方的护法神送来了蓝色染汁。现在,就只欠红色染料了,于是汤东杰布派了7名僧人弟子,到尼嘎普地方挖来了红土。

一切具备了,汤东杰布便叫工匠们在第二层以上,塑造了“四部经”中的全部佛像,绘制了四代活佛像及其所行业迹。

这时候,金刚亥母转世的女法王吉尊·却吉卓玛法王带着随行人员来到白日乌齐,给汤东杰布送了一串珍贵的念珠。汤东杰布非常高兴,说:“你来得正是时候,今天要竖代表吉祥多门塔命根子的幡杆,请你帮帮忙。”她同意了。午饭后,幡杆上拴好了绳子,地上挖好了坑眼。当时僧人弟子们想,这么高的幡杆要竖立起来,肯定费劲。可是他们没想到吉尊·却吉卓玛却轻而易举地把它竖了起来,耸立在吉祥多门塔之西侧。

汤东杰布对此非常满意。他对吉尊·却吉卓玛建议:“女法王吉尊·却吉卓玛啦,你如果就在后藏行业,尽管能获长寿,但不会有多大的作为。如果能到工布地方去，肯定能干出一翻大善业来，但你的寿命将会缩短。你看怎么办呢?”她回答说：“只要能为众生行大业，我什么都无所谓。”汤东杰布说：“那好，在东部的工布地方，我开辟了杂空圣地。那里云集了众空行母和我的弟子们，你可以上那儿去行业。你到拉萨后，杂空的法主日松贡布会去接你的。”

吉尊·却吉卓玛启程前往拉萨。此时，日松贡布面前来了一位结发于顶、两耳饰有海螺耳环的黑人。日松贡布问：“你从何处来，有什么事情吗?”黑人答：“今早从白日乌齐出来，奉大修行者汤东杰布之命前来给你报信。”日松贡布又问：“要我干什么呢?”黑人答：“有一位智慧神系的修行者要来此地，你要跟我一起到拉萨去接她。”

日松贡布听罢，不敢怠慢，马上动身跟着黑人来到拉萨。找到吉尊·却吉卓玛时，黑人就不见了。日松贡布这才明白，原来那黑人乃是一位幻变者。他把吉尊·却吉卓玛带回杂空，安顿在墨莫岗寺里。

吉尊·却吉卓玛的到来，给墨莫岗寺带来了生机，发展非常快。她在此地行了大善业，还收集了修桥用的铁料，堆得像小山那么高。尔后，她还亲自将这些铁料运送到尼果渡口。汤东杰布非常赏识她，可是不久，她就辞别人世返回了天界。

藏历阳火鼠年，96岁高龄的汤东杰布，终于修好了吉祥多门塔，并安装了金顶和金铃。这时，有缘的人们看到，在吉祥多门塔及空中，出现了无数的觉者、菩提佛、白夏瓦日等84位罗汉、帝释、天王、大自在佛、毕宿（二十八之一）等持法神佛。还有众多的仙子仙女，他们手持着幢幡、幡香粉包、宝盖及各种法器，前来朝贺，加持。汤东杰布也坐在增林坚山洞里，向塔撒青稞给予加持。此时，天上降下了花雨，响起了神乐，散发着神香。

这时，汉地国王给他送来了一顶龙缎帽子，帽顶上饰着镶有麦喜宝镜的金质金刚杵，再顶一层是金质“半月托圆日”。还送了13件缎子衣服，16两重的两具金、银质器皿，木、瓷茶具、瓷托盘，80块砖茶，108驮布匹。王子朗杰桑布也送上了一颗珍贵得像天空一样的纯蓝松石及其他宝物。另外，从前藏鱼腹里取出的如意宝和100头牦牛驮的货物，也由仲哥帕巴活佛如数运送来了。这一切是多么祥瑞的吉兆呀！

紧接着，汤东杰布在吉祥多门塔东面修建了一座4根柱子宽的佛堂，堂内用宝贝塑造了一尊高25拃的如来佛像，一尊31拃高的无量光佛像。还用泥土塑造了菩提佛像、八佛子像和四大天王中的两尊怒佛像。另外还修建了两座4根柱子宽的佛堂，堂内也用宝贝分别塑了一尊高5拃的弥勒柱佛像，一尊27拃高的药王佛像。这些佛堂由一条40根柱子大小的长廊相连接，这长廊修得十分殊胜美妙。

在长廊之东，还修建了一座4根柱子宽的佛堂，堂内用宝贝塑造了一尊33拃高的大恩德佛。此堂再东，又修了一座4根柱子宽的佛堂，堂内塑有37拃高的勇士金刚佛。此两座佛堂，由一条30根柱子长的长廊相连接。

在吉祥多门塔之西，修建了一座4根柱子宽的佛堂，堂内用宝贝塑造了一尊高25拃的大本尊佛智慧之所依佛像。另外还修建了两座4根柱子宽的佛堂，堂内用泥土分别塑造了一尊20拃高的十一面观音佛像，一尊35拃高的怒金刚佛像、两尊21拃高的喜金刚佛和胜乐佛像。这些佛堂，由一条50根柱子大小的长廊相接连。长廊右边，又修建了一座两根柱子宽的佛堂，堂内用宝贝塑造了一尊13拃高的十轮佛像。再往右，还修建了一座两棵柱子宽的佛堂，堂内塑造了一尊镶着宝石的金刚佛。还特意修了一条长10根柱子的长廊，接连这两座佛堂。

给这些佛堂盖顶的时候到了，可是木料已经所剩无几。汤东杰布便叫僧人弟子们带着各地派来参加兴建塔和寺的乌拉差役们，一起到林区去运木料。乌拉差役们都不愿意去，他们说："我们的主人们正在四处拉夫当兵，我们一旦离开了白日乌齐，就有可能被抓走。"汤东杰布没有强迫他们去，自己用幻变术把木料运来了。第二天，众人们发现，木料都运来了。他们都不明白是谁在一夜之间运来了这么多木料。

寺院快竣工时，需要一些石板。汤东杰布本打算让固龙·切吉活佛到尤布上区的色龙地方去采。固龙·切吉活佛说："如果到色龙去采，石板质量倒是没说的，只是运输困难尤其还要经过铁索桥，稍不注意就有可能出人命呀。”汤东杰布听罢，改变了主意，说：“有生命危险的事可千万不能干，干脆就地取材算了。”说着，便拿起一只盘子扔了出去，只听得“哗”的一声，盘子打碎了。于是，他派人到盘子落地处去采石板。人们到跟前一看，那里变成了一个大石场，各种石板应有尽有。

寺院终于落成了。接下来的就是饰佛工作了。汤东杰布叫尼玛桑布到加萨库山上，从土神那儿取来了一宝瓶金粉，首先给无量光佛像上了金粉。

在准备给弥勒佛和药佛上金粉时，汤东杰布拿来一羊皮袋的金粉，交给金匠们，问：“这些金粉大约有多重，够不够粉刷这两尊佛像？”金匠们掂量了一下，答道：“约有五千两，足够了。”在场的许多人一听，皆喜形于色。汤东杰布想，人多心杂，为了早日完成大业，不得不有所提防。等众人散去后，他便把金粉交给了尼玛桑布，吩咐道：“这袋金粉放在这里不安全，最好你把它带去悄悄藏在寺政人员住处保险些。”

当天晚上半夜时分，有几个强盗撞进汤东杰布禅房，直问道：“你把金粉藏哪里去了？”话音一落，就有一名强盗向汤东杰布刺了一刀。汤东杰布不理睬，他们便恼羞成怒地又刺了十几刀。这下，他们以为汤东杰布已经被杀死了，一哄而上想把他扔下悬崖。可是，他们怎么弄也抱不起他来，无可奈何，便狼狈逃走了。

第二天，来了一位朝拜的施主，他摆设了许多肉、酥油等供品，准备祈祷。可酥油怕太阳晒化，汤东杰布便把一床毯子递给施主,说“给你,用它盖上吧。”施主接过毯子,发现上面有刀痕,便问道:“这是怎么回事?”汤东杰布说:“昨天晚上强盗来偷金粉时留下的。”施主义愤填膺地说:“你认出他们没有,如果能认出的话,请告诉我,我非叫他们吃官司不可。”汤东杰布说:“怎么能认不出呢?其中有一个最凶狠,把刀子都刺断了。有一个呢,只会用刀子抹。但他们阴谋没有得逞,还是饶了他们吧。”施主又问:“那你伤着没有?”汤东杰布不以为然地说:“怎么能伤着我呢,否则我获得的四大种自由就没意义了。”

佛像上过金粉之后,便开始准备服饰。但衣料不够用,于是,汤东杰布打算向皇帝求援。他把几位格西叫到面前,问道:“你们当中有谁愿意前往汉地,替我把信送呈皇帝的?”这时强钦格迪寺的一位叫江参的格西自告奋勇地道:“如果你信任我的话,我愿意前往。”汤东杰布便把信和一份精巧而别致的礼物交给格西江参说:“你把它带去,亲自交给皇帝。”格西江参带上些熟米饭等食品,就上路了。

汤东杰布给皇帝的信函内容是这样的:

“富贵的皇帝陛下,我到贵地时,我们只见过一面,但没有交谈过,遗憾至今。我在五台山禅居了八个月之久,得到文珠佛的预言之后,我才返回了藏地。我回到藏地,为众生行了大善业。钦赐的宝冠、金、银器皿、十三件缎子衣服、八十块砖茶、木、瓷茶具、托盘、布匹等物如数收到。感激之余，我作了祈祷。如今，我为了众生的幸福，塑造了许多佛像。但是，这些佛像还在裸露着身子渴望得到装饰。因此，遣派弟子求援，若能恩赐衣料等物，将感激之至。今让弟子面呈一块具吉祥之意的非常奇妙的食品，恭乞皇帝您一定尝尝，谨表我的一点心意。此信写于藏地白日乌齐雄伟的山顶上。

衷祝弘扬善业。”

有一次，一名参加造佛像的铜匠来请求灌顶。汤东杰布对他说：“铜匠桑颠班觉啦，你偷走的铜还是送回来吧。，”铜匠辩解道：“我从来就没偷过。如果你硬要说我偷过铜，你是先知先觉者，那就请说说我什么时候偷的。”汤东杰布说：“你偷去已有三天，现在都埋藏在大桥头，你准备回家时带走，对不对?”桑颠班觉铜匠听罢，羞愧得无地自容。从此，就再也不敢偷盗了，连一点铜屑也不敢往回拿。

吉祥多门塔及上述寺院和佛像塑造等竣工后，汤东杰布便在增林坚山洞里，禅定了一些日子。还给工匠和乌拉差役讲了经。

这时，有一些工匠不愿听经，也不想再参加寺院的扩建工作。他们凑在一起议论：

“干这种没完没了的事情，真没劲。”

“如果我们回到家乡，把在这儿干活的干劲用在经商或农活等方面，肯定能富裕起来的。这样，既抚养了亲人，同时我们还可以行些善业，照样能获妙果。”

“倘若我们到窄里迪斯河畔去修行的话，肯定也能修得妙果。”

“如果我们去朝拜法力无边的圣佛，去祈祷，去转经，或者到天葬台去念经的话，又轻松又快活，也照样能修得妙果。”

“如果我们把在这里干活的那种拼命劲用在学经习法方面，肯定能修成活佛或者法王。这样，我们既掌握了学问又安逸舒适，岂不美哉！”

汤东杰布察觉到他们的种种痴心妄想之后，第二天，便把所有的僧俗弟子、工匠和乌拉差役召集到自己的禅房前，摆了仪轨。他对众人们咏道：

“皈依于我的有缘的众人们，
继续行善之业已经开始，
未行之业无边无际任重道远，
继续抛弃痴心妄想的时候已经到来；
未征服的比已征服的更广阔，
继续征服自我私心杂念的时候已经到来；
陌生的亲戚比知心的亲戚更多，
继续舍弃私情的时候已经到来；
未创造的财富比已积蓄的更丰富，
继续抛弃贪痴心理的时候已经到来；
暴怒之情易胜忍耐之心，

继续磨炼涵养抛开情面的时候已经到来；
未修习之法比已知道的更广博，
继续修习的时候已经到来；
未竟的业绩比已获得的成果更广阔，
继续把今身用来为来世而造福的时候已经到来；
能否继续完善自我，
现在已经到了关键的时刻；
假若能修炼成完善之自我，
那死亡就不是遭难而是解脱；
假若时常感觉到痛苦、烦恼和疲倦，
那才是真正的苦难，
为消除这些苦难而继续行业吧！”

汤东杰布这一番话语，句句感动着众人的心灵，打消了他们时隐时现的种种不良的念头。使他们终于从心底里树立起了坚定不移的行善之信念。

调伏嘎玛达国王

在印度嘎玛达国，有一个残暴的国王，笃信“乾慧派”①关于人无生死轮回，死乃风吹灰尘一般无影无踪的理论。因而，他肆无忌惮，嗜杀成性。每年要杀100多个孕妇，取其血肉当牺牲，献给外道②大旺久神。

为了调伏这个邪恶残忍的国王，汤东杰布以幻身经帕里桑珠寺、巴珠等地，来到嘎玛达国王的宫殿门前。宫殿森严壁垒，共有大门7道，每道有10名卫士把守。但这些都不在汤东杰布话下，他直接来到了国王面前。国王右边还有一个宝座，是用龙脑香木、檀香木和花木做成的，上面铺了非常柔软的垫子。汤东杰布毫不客气地坐到这个宝座上，品尝起摆设在案桌上的美食来。

国王见状，恼怒万分，厉声责问卫士：“混蛋，谁让你们放这家伙进来的！”卫士们战战兢兢地答道：“我们不曾见他进门呀！”国王气急败坏地喝道：“来人啊，把这家伙带出去挖一个18庹深的大坑，给我活埋了！”

---

① 乾慧派：未能如实现见事物本性，但依各派因理略思详察以进行推理者。
② 外道：不依三宝，不承许四法印的教派，佛教称之为“外道”

大臣们不敢违令，把汤东杰布活埋了。可是当他们回到宫殿时，汤东杰布也回来了，还是坐到那个宝座上吃喝着。国王一看，暴跳如雷，指着大臣们骂道："好啊，你们连我的话都不听了……"国王气得连话都说不出，大臣们便慌忙辩解道："大国王陛下，我们确确实实遵旨把他活埋了，可他又回来了。我们也不知道这是怎么回事啊。这次干脆给他戴上手铐脚镣，装进铁笼里，扔到河里去。请国王你亲自监督。"

国王同意了大臣们的建议，并亲临察看。可是，当他们返回宫殿时，见汤东杰布又跟上来了。国王更是怒不可遏，命令大臣们："看来他连水也不怕，干脆用铡刀把他铡碎！"

他们把汤东杰布碎尸万段回到宫殿时，他也跟着回到了宫殿，照样坐在那宝座上吃喝着。这时，有人建议用火烧。于是，他们找来许多檀香木堆好，把汤东杰布置于柴堆中央，点燃了柴火。

顿时，烈火熊熊，火焰冲天，那火焰足有 1 里见方，飘飘燎燎。烈火中，传出"吽"和蹦跳的声响，把国王和在场的大臣们吓坏了。三天后，人们发现汤东杰布变成一个百看不厌的汉子，坐在灰迹上，右手摆着布施的姿式，左手持着白色的莲花，嘴里还念着"唵、嘛、呢、叭、咪、吽"。

国王和大臣们再也无计可施了。便商议道："看来，我们已无法对付他了，还是把他叫来问个明白好一些。"于是，大臣们把汤东杰布请到国王面前。国王问："你叫什么名字？从哪儿来的？来这干什么？”汤东杰布答道：“我叫汤东杰布，从西藏来的。我这次来的目的是要在此地灭恶扬善。”国王和大臣们听罢，转怒为喜，给他送了许多金银，还表示要听听经典教言。于是，汤东杰布给他们讲解了有关皈依佛法，大行善业的教言。并且在此地的十字路口，修建了一座塔形的佛堂。佛堂内用金银制作了三时佛像，墙壁上绘制了十方的觉者和无数的菩提佛像。在两扇大门上，还绘制了自己（汤东杰布）的画像。自像四周绘制了度母和10名怒佛。同时，还塑造了一尊代表嘎玛达国王音身的金（质）像。

汤东杰布为佛堂开光加持的时候，十方闪烁着各种光芒，神香四溢，神乐鸣响。这一切，使得国王和大臣们对汤东杰布的敬仰之情油然倍增。他们说：“今后，我们一切听从你的。”汤东杰布说：“那好。今后，你们要常来供奉这几位佛像。常撒些带有檀香和龙脑香味的净水以及鲜花，点上珍珠串一样多而整齐的酥油灯，再摆陈些果品。在每月初八和三十号，天一亮就换上干净衣服，来这祈祷，忏悔。过去，国王你一年要杀死那么多孕妇，罪深孽重。既败坏了名声，也坑害了自己，倘若再执迷不悟，将来肯定落入地狱，去受那无穷无尽又不堪忍受的痛苦。如果今后你能照我所说的去做，悬崖勒马，弃恶从善，并能把这一布条时刻不离地戴在脖项上的话，要避免地狱之苦还来得及。”汤东杰布说着，把一条印有100座塔的布条，送给了国王。国王当即发誓，一定按汤东杰布的教诲去做，并施舍了金质首饰和脖饰等物。还拿出水果和红糖款待了汤东杰布。

汤东杰布给国王施舍的物品加持后，又赠还给了国王。国王请求他作为自己的法师留下来，汤东杰布没有答应，刹那间，便回到了白日乌齐。

汤东杰布走后不久，国王的巫师又怂恿并吓唬国王说：“陛下如果相信藏人汤东杰布，不给大旺久神供献牺牲的话，必将导致国破家亡。大旺久神是惹不起的。”于是国王又沿袭了恶习。

由于国王违背了自己向汤东杰布许下的诺言，因而患了一种不堪忍受的怪病。尽管他招来了全国的170名医生会诊治疗也无济于事，病痛仍然有增无减。医生们说：“如果不按过去的习惯进行祈福禳灾活动，那陛下您的病是治不好的了。”

国王听罢，非常害怕。便下令杀死了1000名少男少女和孕妇，还捕杀了大量的黄牛、山羊、绵羊、狐狸、麂、鹿、鱼、青蛙、家禽等生灵，取其血肉大供了大旺久神。

可是，国王的病情并无转机，反而越来越重。国王无可奈何，便请来了星相家占卜算卦。星相家说：“病根就在于陛下您违背了向西藏圣人汤东杰布许下的诺言。如果您能回心转意，一心不二地按汤东杰布说的去做的话，那身上的四大种将恢复谐调，病痛亦将随之根除。唯有此法可行，其他任何祈祷、供奉活动都无济于事。”

国王从前来该国做生意的西藏门巴商人那儿打听到

了有关汤东杰布的种种情况后，便派大臣麻里带上金质千瓣莲花、蓝宝石、银子左旋海螺、脖饰、衣服、小鼓、多弦琴、白米、葡萄干、檀香、樟脑、诃子等礼物，率领一批随员，前往西藏迎请汤东杰布。

此时，雅孜国、回民国的国王也派了使臣来邀请汤东杰布前往该国传经行善。汤东杰布对雅孜国使臣说："你先请回吧，将来我一定委派一位代表前往贵国。"又对回民国使臣说："你也请回吧，明天我委派格西·阿哈玛喜扎，带着千手观音佛像赴贵国。"接着，汤东杰布又吩咐佛子觉巴桑布，带上松石金刚佛往工布而去。这时，麻里走上前去，向汤东杰布磕了无数的头，献上礼物之后，禀明来意。汤东杰布便指派了佛子贡觉白桑前往嘎玛达国去当活佛，并指令芒卡日木巴和戳瓦德瓦桑布等 13 人陪同前往，辅佐活佛行善业。还让他们给国王带了封书信，一串玻璃念珠和 100 克长寿丸。

那封信的内容是告诉嘎玛达国王严守过去的诺言，弃恶从善。若一定要供奉神，只能用一些别的东西代替，决不能再杀生害命。若此，方能根除病痛，得福长寿，禳灾免难。

麻里使臣为难地道："如果按你所言的去做，只给大旺久神献代供品，那他肯定不高兴而降罪于我们的，我们可吃不消呀。"汤东杰布说："你们不用害怕，我再给大旺久神写封信带去。"信中阐述了因果轮回关系及其道理，希望大旺久神把人们供献的代供品当真供品一样对待，切不可挑剔。否则,决没有好下场。

尔后,贡觉白桑和麻里等一行到达嘎达国,向国王转达了汤东杰布的告诫,并转交了信及礼物。同时也找大旺久神转交了汤东杰布给他的信。从此,国王革除了过去的恶习,改用代制品作供品,病痛也消除了。大旺久神对那些代供品也非常满意,再也不干为非作歹的事情了。

病卧不忘行善业

藏历阴土兔年，吉尊·贡嘎桑姆出生于东工布地区，第二年被确认是吉尊·却吉卓玛的转世灵童。汤东杰布特意派德勒给她送去了一面铜镜、一双碰铃和具有代表长寿意义的白青稞制作的花，表示祝贺。

汤东杰布在吉尊·贡嘎桑姆5岁的时候，便把她接到自己身边，传授了新旧密宗经典教言，还赠送了许多礼物。接着，便派她到阿里等三个地方去化缘求布施。

由于吉尊·贡嘎桑姆年幼，因而随从们经过充分准备之后，才出发了。

吉尊·贡嘎桑姆没有辜负汤东杰布的期望，在阿里等三地行了善业，并求得大量的黄金、铜、珊瑚、琥珀等珍贵的布施，如数交给了汤东杰布。众弟子们见她求得这么多的布施，自愧不如。

吉尊·贡嘎桑姆回到白日乌齐后不久，便在汤东杰布的禅房上修建了金顶，给吉祥多门塔之北面装饰了金和铜的圣物。还把汤东杰布的禅房修整了一番，使其四壁如同木桶一般密不透风。

尔后,汤东杰布在禅房里禅定了三个月。当他再抛头露面时,仿佛成了弟子、工匠和乌拉差役们眼中的甘露。① 众人十分高兴,一天之内就给他送了80次饮食,汤东杰布全都吃完了。

此时,有许多人染上了汉地的黄眼病、尼泊尔的草乌病(一种传染病)和归格乃病(狂笑而死症)。有的患者在吃饭或劳动时昏倒死去。患此病者大都神志不清,狂笑蹦跳而死,人们非常害怕。

为了解救众人,汤东杰布摆了隆重的仪轨,召集大家念诵了《皈依经》,并亲自作了祈祷,不管遇见谁,汤东杰布就送给他一粒长寿丸,并让其说一句吉利的话语。汤东杰布还派弟子们前往重灾区萨迦去行禳灾祈福的活动。由于汤东杰布的法力和法恩,很快便根除了这场病患。

此时,汤东杰布身上的四大种已经衰弱,连上工地的力气都没有了,只能静卧于禅房里。但是,他仍然坚持给众人加持、灌顶,还在为寺庙和佛堂的建造工作操心劳神。终于,又建成了一座10根柱子宽的3层楼的经堂,堂内用宝贝塑造了8拃高的度母像,墙壁上绘制了壁画还铸造了一尊15拃高的贡都桑布佛像和一尊普贤如来佛像。在给如来佛装藏②的时候,唐日那地方有人送来了一

① 眼中的甘露:此句意即汤东杰布禅定后,形象变得十分美妙。使得人们百看不厌。

② 装藏:在塔和佛中装入咒文经卷等。

只强久塔形的山羊角。汤东杰布十分高兴,把这只山羊角也给如来装藏了。

藏历阳木龙年,白日乌齐山上的一切建设全部竣工了,一座新圣地终于出现在人们的眼前。此刻,花雨纷纷而降,神香四溢飘散,神乐回荡云霄。由于三宝的加持,使得藏地消除了边患,粮食丰产,人畜两旺,呈现出一派升平的景象。

为了纪念汤东杰布的功绩,迪古寺的堪布①等6位施主带来了有缘的能工巧匠,模仿汤东杰布的面容、四肢、坐姿、穿着等,一天之内就塑造了六尊维妙维肖的汤东杰布像。当塑像上色、装藏完毕,求汤东杰布给予加持的时候,那六尊塑像全变了样。一尊变得肤色油光滑润白皙,头发散披着,双眼变得细长,眼神慈祥,双手摆出静定姿式;一尊变成如同新炼黄金一般黄灿灿发光,头发金黄且柔软,双目正视前方,右手呈布施姿式,左手持海螺;一尊变成珊瑚红色,光闪闪的,头发呈紫红色,眼底发红,眼珠略斜,双手捧着宝瓶;一尊变得年轻力壮,神采奕奕。头发棕蓝,披搭在身上,双眼文静,容貌极其漂亮,双手握金刚杵和法铃;一尊变得绿如宝石,头发界于红绿相间,结于头顶,金刚般的双眼注视着天空,手式如同财神;还有一尊,变得脸色黑紫,一副怒像,头发黑紫,长一双闪电般的三角眼,右手挥舞着金刚杵,左手做着“德卒”手式。

① 堪布:藏传佛教寺院僧职名,指大寺院扎仓(僧学院)和中小寺院的最高主持人享有政治和经济实权。

施主见状，非常奇怪。便问工匠道："这是怎么回事？"工匠们答道："这是大修行者汤东杰布自己所变幻的，我们也说不清楚，还是请教大修行者吧。"于是，他们请教汤东杰布为什么会有这些变化，汤东杰布解释道："这六尊不同的塑像分别表示了克五毒[①]的金刚佛形像，是众生有求必应的形像。"

这时，江村从内地化缘归来了。带来了皇帝赏赐的布匹、绸缎、鼓等丰厚的礼物。汤东杰布用红、黄缎子给所有的佛像做了宝盖、幢幡、香包等法饰，用布匹做了衣服；还用汉地绸缎和印度、尼泊尔、回民国、蒙古等地特制的布匹，制作了如同孔雀开屏般美丽的大伞盖。经过装饰的佛堂富丽堂皇，堪与菩提界相媲美。

① 五毒：即贪、嗔、痴、慢、妒。佛家说这五种精神活动是能毒害人们心灵之物。

寿终正寝，功垂人间

汤东杰布深感肌体内的四大种已经衰弱，死之将至。为了使大善业发扬光大，他决定挑选一位继承人。经过充分考虑和征求意见，并求得释迦牟尼的认可，选定佛子尼玛桑布为铁桥等方面善业的继承人。

于是，汤东杰布召集了不同语言、不同肤色的人和非人到自己面前，当众宣布了由尼玛桑布接替自己大业的决定。

此时，雅砻地方的头人江阿旺查巴、仁布地方的错吉多吉、羌地方的万户主羌巴·扎西达吉等人，给汤东杰布献了东门瑜、塔工和康巴三岗等地的1万克土地，并送来了大量黄金、松石、衣料、100块砖茶以及1匹配鞍套的马。他们争相请求汤东杰布去该地行善业。汤东杰布对他们说："过去，我曾周游世界，取得了一定的善果。如今，我已力不从心，再也去不了了。我现在身体已经衰弱，因果关系在前面迎接我，阎王又在后面推我，该去的地方只有一处，快到去的时候了。不过将来会有像我一样的人，继承我的遗愿去行善业的。"

汤东杰布又吩咐继承人尼玛桑布道："我过去曾打算在雅砻娘布渡口修一座桥，可条件一直不成熟，未能如愿。我也曾动员过雪域西藏地方的鬼神们去修，它们才搞了一个月，就因找不到石头而停工了。现在，我想让你去完成这一善业。"尼玛桑布欣然接受了这一任务，带上几位有学问的人就出发了。

藏历蛇年初，尼玛桑布等主仆300多人，在娘布渡口开始了艰苦的建桥工作。在河中选定了中心桥墩位置后，尼玛桑布亲自与弟子们抬来一根很粗大的木头，拴上幡旗，用船载渡到河中插上作为标记。由于河两岸找不到石头，他们便掘开沙滩，采出了石头。然后，用船载运到河中，毫不可惜地扔进木头周围的水域中，再命令以龙为首的八部在水里砌筑。结果，它们砌筑的桥墩比人修的还坚固且漂亮（河水清澈时，到现在都还可以欣赏到这座奇迹般的桥墩——作者）。

不久，桥墩修筑好了，铁链也打制好了。于是，丹增活佛到各村镇，念了玛朗卡玛的经，他的声音十分宏亮高昂。顿时天空中出现了装着天葬神服饰的汤东杰布，众多的人、神也围拢而来。之后，在场的人神齐心合力，一下子就把像网一样的铁索拉起来架设好了，他们还帮助铺设了木板。

可是，铁索桥刚刚架好，两座桥墩就被涌来的洪水冲毁了。直到藏历阴木龙年7月15日，才又修复了。在给铁索桥加持时，乃东地方的活佛迪斯、泽当的钦波科尼和法师根敦、雅砻地方无数的僧俗众人，都来参加了仪式。尼玛桑布坐于正中，带头念诵了玛朗卡玛的经。顿时，天降花雨，护法神系的神们手持幢幡，也遍撒了鲜花，出现了许多吉兆。在场的人们见状，对尼玛桑布产生了信仰，就像崇拜汤东杰布一样。

后来，尼玛桑布还到布堆切哥岗地方，把所有的桥梁维修了一遍。还在彭波查日卡地方和薛珠卡渡口修建了两座桥梁。他的确是汤东杰布最理想的继承者。

汤东杰布的另外几位佛子，几乎都能按汤东杰布的愿望行事。其中强巴年扎成了各地的法王，顿珠桑布还俗繁衍了族系，曲巴桑布住杂空寺在东门巴和珞巴地区行了善业，仁增古等 7 人穿着蒙古服做了官员。

汤东杰布还任命出身于白日乌齐的生者久乌觉为乌拉差役总管，负责管理白日尼齐的乌拉差役，久乌觉十分能干，他上任后便制订出一套关于乌拉差役的法规。这些法规后来成了白日乌齐的传统法规。

汤东杰布临终时，佛子尼玛桑布道："大修行者啦，您是生死自如的圣者，为了无数的众生得幸福，乞求您暂时不要离开我们。"汤东杰布说："我的确是获得生死自如的人，可是，如今我得回去了。"尼玛桑布又道："我并非挽留您永存人世，只求您等到丹增活佛到来后再走。如果您等不得的话，就看在雪域西藏众生的份上，请您留下遗体。否则，连遗容也不让他们见着，叫我怎么交待呢？如果您答应我的这一请求，那将来遗体放在哪儿好呢？您走后，我和丹增活佛该怎样扶持众生呢？请您指点。”汤东杰布道：“尼玛桑布啦，今后你不可常住一地，要以八风不动，八法一味的精神，遍游我足迹所至之地，设法把我开创的基业维护下来不断为众生行善业。我本来是没有遗体的，因为我的灵魂和躯体无所谓分与合，但我还是答应你的要求，将躯体遗留下来，你把它放在我修行的洞里。”汤东杰布说完，便离开了人世。

藏历阴火牛年，汤东杰布的遗体被安葬于银质灵塔之中。

久米德庆　　于藏历阳土鼠年十月十五日定稿于白日乌齐木格基寺，此版藏于土登曲林山寺之内。

译后记

去年,我们在汤东杰布的故乡拉孜采风时,意外地发现了一本古香古色的木刻版藏文《汤东杰布传》。每每读之,爱不释手;言传同仁,皆称难得。我们大有如获至宝之感。有关汤东杰布(1385—1464 年)的生平业迹,在民间广为流传,并有各种版本行世。本传记就是其中较为完整、全面,也较有价值的一种版本。它是由久米德庆根据 5 位与汤东杰布同代的有志者所著述的关于汤东杰布的传记,再结合实地考察有关古迹和搜集整理有关史料、民间传说之后,而写成的。

汤东杰布在西藏是一个家喻户晓的人物,被藏戏演员和木、铁工匠奉为鼻祖。他在藏族人民心目中的地位比汉族心目中的木匠之祖师——鲁班有过之而无不及,深受藏族人民的爱戴。然而,通过本书的翻译,我们认为:汤东杰布并非铁、木、藏戏之鼻祖。就拿藏戏来说,从本传说中看不到有关汤东杰布创造藏戏的叙述,而有关他学习、发展和利用“藏戏”艺术的记述倒是隐隐约约,多次出现。他修建铁索桥及造船所需的巨额资金,绝大部分就是弟子们通过演唱“藏戏”而获得的。藏戏和其他民间文艺形式一样，是经过若干代人集体创作，不断丰富，发展而成的，决非一代一人能创造的。但是，汤东杰布在藏戏丰富和发展的历史过程中，尤其在扩大藏戏影响，深入群众等方面，作出了不容忽视的重大贡献。这是毋庸置疑的史实。

汤东杰布是噶举派僧人，崇尚密宗。但是，他在宗教方面并未取得业迹与地位。他把毕生心血都献给了造福人类的修架铁索桥及造船事业，在人民群众心目中，他首先是一位深受爱戴的、德高望众的设计与建筑大师，是人民“眼中的甘露”。汤东杰布理应是一个富于个性的活生生的人的形象，而本传记却将其宗教化了，力图把汤东杰布塑造成一位宗教人物，实在令人遗憾。当然，作者是一位造诣很深的僧人，又生活在那个时代，如此为汤东杰布作传，实属自然，不能苛求。尽管如此，作者毕竟是一位才华横溢，比较实事求是的僧人作家，传记仍然比较详尽、客观地再现了汤东杰布的家世，个人遭遇、为人、不朽的业迹。与其他传记，尤其是历史人物传记相比较，《汤东杰布传》仍不失为一部文学色彩很浓的传记文学作品。至于传记中的一些神秘不可解的描述，乃宗教典籍之常态，不足为奇。

在翻译过程中，我们将一些宗教典籍中常用的一些套话，千篇一律的且无价值的部分作了些删节，请读者见谅。为了阅读方便，我们特将此书分为 33 节，并加了题目。

由于该记版本古老,纸张粗糙,印术不高,个别张页出现了虫蛀和模糊,给翻译带来了困难。加之我们的水平有限,故译作的错误与不足之处,在所难免,恭乞大家予以指正。

译者

汤东杰布传

ANG DONG JIE BU ZHUAN

久米德庆 著

德庆卓嘎
张 学 仁 译

西藏人民出版社

图书在版编目(CIP)数据

汤东杰布传/久米德庆著;德庆卓嘎,张学仁译.
--2版.--拉萨:西藏人民出版社,2017.12
ISBN 978-7-223-00118-2

Ⅰ.①汤… Ⅱ.①久…②德…③张… Ⅲ.①传记文学-中国-当代 Ⅳ.①I25

中国版本图书馆CIP数据核字(2017)第150443号

汤东杰布传

著　　者	久米德庆
译　　者	德庆卓嘎　张学仁
责任编辑	计美旺扎
封面设计	丹　那
出版发行	西藏人民出版社(拉萨市林廓北路20号)
印　　刷	西藏山水印务技术有限公司
开　　本	850×1168　1/32
印　　张	5.625
字　　数	96.6千
版　　次	2002年4月第2版
印　　次	2017年12月第2次印刷
印　　数	4,001-6,000
书　　号	ISBN978-7-223-00118-2
定　　价	16.00元